Quart*buch*

Helen Brindle ist verheiratet mit ihrem Peiniger und hat ein Verhältnis mit Gott, von dem sie sich einen Liebhaber wünscht.

Gott hat ein Einsehen und zeigt ihr im nächtlichen Fernsehprogramm Professor Edward E. Gluck, Psychologieprofessor, perfekter Ratgeber im Irrgarten menschlicher Beziehungen und gutaussehend.

Helen nimmt sich ein Herz, reist ihm zu einem Kongreß hinterher, spricht ihn an, verliebt sich – und meint, Gottes Wink verstanden zu haben, denn auch Professor Gluck verliebt sich in sie. Aber er hat ein Geheimnis. Ein nächtliches Telefonat bringt es an den Tag: Auch dieser Mann erliegt den Verlockungen der Gewalt – nicht ganz so handfest wie Helens Mann, dafür um so erfinderischer …

Eine Entdeckung aus Großbritannien: die schottische Autorin A. L. Kennedy mit einem fulminanten Liebesroman über die von den Fratzen der Gewalt umstellte Glückseligkeit.

»Eines der hervorstechendsten Merkmale dieses Buchs ist, daß es mit nichts vergleichbar ist. Diese Autorin verdient, allein an ihrer eigenen, ungeheuer reichen Begabung gemessen zu werden.«

The New Yorker

A. L. Kennedy

Gleissendes Glück

ROMAN

Aus dem Englischen von Ingo Herzke

Verlag Klaus Wagenbach   Berlin

Für Robin Robertson

Mrs. Brindle lag in ihrem Wohnzimmer auf dem Boden und blickte an die Decke, auf der die kalten Farben und Schatten der BBC-Beleuchtung wogten und umherzogen. Ein wahrscheinlich lehrreiches Gespräch rauschte an ihr vorbei, sie war viel zu müde, um einzuschlafen oder zuzuhören, aber das war nicht schlimm, das war wirklich ganz und gar in Ordnung.

»Wie ist das mit der Etikette der Selbstbefriedigung? Es gibt ja für jedes Verhalten Regeln, sogar für die gute – oder schlechte – alte Sünde des Onan. Wie sehen diese Regeln also aus? Wen dürfen wir uns beim Onanieren vorstellen? Jemanden, den wir bisher nur gesehen haben? Den wir noch nicht kennengelernt haben?«

»Das ist durchaus üblich, sogar fast die Regel – wir haben nicht das Gefühl, jemandem zu nahe zu treten, wir legen bloß eine Persönlichkeit über ein Bild, soweit unsere unschönen Bedürfnisse das erfordern, wenn uns dieser besondere Teufel reitet, und das ist alles.«

Harold Wilsons liebstes Kind, der Freund der einsamen Seelen, die Fernsehuniversität.

»Wie verhält es sich mit einer flüchtigen Bekanntschaft? Jemand, mit dem wir nie intimere Kontakte hatten und auch nie haben werden? Jemand, den unsere Annäherungen eher schockieren würden?«

»Das ist allerdings schon seltener. Wir stellen uns ihre, wie soll ich sagen, Abscheu vor, und das hemmt uns. Wir lenken unsere Gedanken in eine andere Richtung.«

Mrs. Brindle rollte auf den Bauch und spürte kurz, wie steif und empfindlich ihre Muskeln geworden waren. Frauen ihren Alters sollten nicht auf dem Fußboden liegen. Neben ihrem Kopf füllte ein Mann mit zuviel Haar den Bildschirm. In unzähligen Haushalten wurde jede einzelne seiner Bewegungen und Äußerungen von Videorecordern aufgezeichnet, während die Studenten oder sonstwie Interessierten vernünftigerweise in tiefem Schlummer lagen und sich den Lernstoff für günstigere Gelegenheiten aufhoben. Mrs. Brindle verlangte es nicht nach Bildung, sondern nach Gesellschaft. Sie lag hier und sah und hörte halb zu, weil sie nicht schlafen konnte. Andere Leute studierten in ihrer freien Zeit und arbeiteten auf einen Abschluß hin, Mrs. Brindle hingegen scheute die Begegnung mit der Nacht.

»Andererseits ist es durchaus wahrscheinlich, daß wir uns jemanden vorstellen«, seine Stimme war sanft, auf leutselige Art verschwörerisch, tief, so wie eine Stimme unter Wasser sich anhören könnte, »mit dem wir intime Kontakte beabsichtigen.«

Sie versuchte sich zu konzentrieren.

»Je näher wir einander kommen, desto akzeptabler werden unsere Phantasien, bis sie zu Tatsachen heranwachsen und wir statt der Träume, die uns Gesellschaft leisteten, nun Erinnerungen haben – oder gar einen wirklichen, lebendigen Partner, den zu lieben wir uns entschlossen haben.

Und damit kommen wir zu meiner These: Das zeigt uns nur, wie das Bewußtsein die Wirklichkeit und die Wirklichkeit das Bewußtsein beeinflußt. Ich gebe mich einen Moment lang einer bildhaften libidinösen Vorstellung hin, und was passiert? Eine unwiderlegbare physische Reaktion. Nicht zu reden von den monumentalen moralischen und emotionalen Dilemmas, die wahrscheinlich ihrerseits die Wirklichkeit beeinflussen, von der ich mich gerade anregen ließ, und immer so weiter im Kreis herum, und niemand weiß, wo uns das hinführt.

Dieses ›im Kreise herum‹ ist es, was ich Kybernetik nenne. Lassen Sie sich von niemandem etwas anderes erzählen – erst recht nicht, wenn es ein Ingenieur ist. *Dies* ist Kybernetik – wörtlich nichts anderes als Steuerung. Wie ich mich steuere, wie Sie sich steuern. Von innen. Unser Inneres hat seismische Wirkung auf die äußere Welt. Wir müssen nur aufwachen und uns darüber klarwerden, wenn wir wirklich leben wollen.«

Der Mann war irgendwie hartnäckig. Mrs. Brindle fühlte sich auf den Abgrund der Bewußtlosigkeit zugleiten, eine sorglose Beschleunigung, egal wohin, hinein in den Brunnen der erloschenen Verantwortung. Es schien nicht einmal unwahrscheinlich, daß seine Stimme ihr dorthin folgte.

Sie ging im Kopf die Liste der Dinge durch, die sie absichtlich zu tun versäumt hatte: das nicht bereitete Frühstück, die nicht eingekaufte Milch, ihr Eingeständnis, daß Socken bügeln sinnlos war.

Der Morgen erwachte vor ihr, saß aber noch nicht fest im Sattel, war noch ein wenig zart. Der Fernseher stand schwarz und stumm in der Ecke. Sie mußte ihn doch noch ausgeschaltet haben. Ihre linke Hüfte erwachte zu pochendem Leben und erinnerte an eine weitere Nacht, in der ihr Körpergewicht auf einen unnachgiebigen Teppich getroffen war. Als sie sich auf die Knie stemmte, kam ihr nicht zum ersten Mal der Gedanke, daß eine Gummizelle doch viel bequemer wäre. An diesem Morgen brachte sie der Einfall nicht zum Lächeln.

Wütender, nasser Regen peitschte gegen ihr Fenster. Sein Lärm mußte sie geweckt haben. Sie genoß solche Wolkenbrüche, das Gefühl von Entladung. Mit vorsichtigen Schritten ging sie in die Küche und wußte, daß dieses besondere Vergnügen mit dem Sinken des Luftdrucks zusammenhing, der ausgiebige Regenschauer begleitete. Der harmlose Aufprall von Wassertropfen auf Glas gehörte zu den leisen häuslichen Geräuschen, die Mrs. Brindle mochte. Wie das erste Flüstern eines Wasserkessels, der sich räuspert, bevor der Siedepunkt erreicht ist, gab er ihr ein Gefühl von Heim und Frieden, das andere Dinge nicht hervorrufen konnten.

Sie löffelte Kaffee in die kleine Cafetière, die gerade groß genug für eine große Tasse war, und versuchte, die Lücke in ihrem morgendlichen Trott nicht zu bemerken. Mrs. Brindle versuchte, nicht zu denken, »Früher hättest du jetzt gebetet. Früher hättest du den Tag begonnen und gewußt, welche Ordnung dein Leben hat.«

Während sie darauf wartete, daß sie den Schinkenspeck unter die Grillstäbe des Backofens schieben konnte, erinnerte sich Mrs. Brindle an die Sendung, bei der sie gestern eingeschlafen war. Um Steuerung war es gegangen. Ein hochgewachsener Mann hatte über Steuerung und übers Wichsen geredet. Wenn sie darüber nachdachte, war das eher unwahrscheinlich, aber der Sprecher hatte zu vernünftig geklungen, war zu unbekannt und einfach zu *groß* gewesen, um von ihrer Phantasie fabriziert und in ihren Schlaf gezaubert worden zu sein. Sie hatte nicht wirklich von ihm geträumt, aber ein wenig von ihm war die ganze Zeit dagewesen, wie das Ticken einer Uhr aus dem Nebenzimmer.

Als der Kaffee fertig war, arbeitete sie sich durch die Zeitung von gestern und zog es sogar in Betracht, seinen Namen herauszubekommen.

»Edward E. Gluck. Edward E. Gluck. Edward E. Gluck. Hören Sie? Ich trage einen wunderbar rhythmischen Namen. Meine Mutter gab ihn mir. Als sie jung war, spielte sie halb professionell Oboe, und ich glaube, daher hat sie alle möglichen Dinge immer wie eine Partitur betrachtet: Diskussionen, Gasrechnungen, Taufen; alles. Vielleicht liege ich damit auch falsch, aber ich möchte es einfach gerne glauben, verstehen Sie?«

Radio Two, Mrs. Brindles Lieblingssender; er gab nicht vor, besser zu sein, als er war. Sie rührte gerade Teig für eine Fleischpastete an, schön lange im voraus, damit er noch ausgiebig ziehen konnte und nicht nur schmeckte, sondern sich auch mit der Soße gut vertrug. Bei der Soße war sie noch lange nicht.

Als Edward E. Gluck wieder und wieder seinen Namen aussprach, erkannte sie seine Stimme. Genau so hatte er sich im Fernsehen angehört – er ließ ganz gewöhnliche Worte dunkel und dicht klingen. Unter seinem Enthusiasmus hörte sie jetzt eine festere und beharrlichere Energie heraus, nicht zu greifen, aber packend. Sie stellte die Rührschüssel in den Kühlschrank und setzte sich, um sich auf Gluck zu konzentrieren.

»Meine Mutter war eine Dame. Eine bemerkenswerte Frau. In der Nacht, von der ich spreche, war ich vielleicht vier Jahre alt und konnte nicht schlafen, weil dicht hinter unserer Wohnung ständig Güterzüge vorbeifuhren. Und ich war unruhig, weil sich meine Eltern erst kurz zuvor getrennt hatten und ich aus unserm Haus ausziehen mußte und weil das Geld knapp war, und schlafen kam mir immer wie mangelnde Wachsamkeit vor. Alles mögliche konnte passieren, während ich schlief.

An eins erinnere ich mich deutlich. Ich sitze aufrecht im Bett, zugedeckt bis zur Hüfte, der Rest kalt. Ich konzentriere mich. Aber ich kann nicht herausfinden, *worauf* ich mich konzentriere – ich weiß nur, *daß* ich nachgedacht habe, als meine Mutter die Tür öffnet. Sie holt mich zurück von einem Ort in meinem Bewußtsein, der weit und weich ist und anders als alle Orte, wo ich bisher gewesen bin. Es war schön dort. Ich möchte wieder hin, an diesen Ort, der nur aus Gedanken besteht und aus mir, der sie denkt.

Mutter saß an meinem Bett. Ich sehe immer noch ihre wunderschöne Gestalt vor mir und erinnere mich, daß sie pulvrig, zerbrechlich, süß duftete. Sie wartete mit mir auf den nächsten vorbeifahrenden Zug. Sie ließ mich auf die Waggons horchen – ihnen *zuhören*, sie nicht bloß hören.

Und sie sagten alle meinen Namen. Sie sagten alle, die ganze Zeit, jedesmal, wenn wieder einer vorbeifuhr, meinen Namen. *Edward E. Gluck, Edward E. Gluck, Edward E. Gluck. Edward E. Gluck.* Jeder Zug auf jedem Gleis der Welt kann gar nicht anders, als meinen Namen zu sagen.

In jener Nacht brachte mir meine Mutter zwei Dinge bei, die ich nie vergessen habe. Daß sie mich genug liebte, um mir ihre Zeit zu opfern. Und daß meine tief verwurzelte Egomanie mich immer wieder aufheitern wird. So oft ich kann, mache ich davon Gebrauch.«

Gluck redete sehr viel über sich selbst – er kehrte sein Inneres mit einer Art chirurgischem Genuß nach außen. Mrs. Brindle wendete Schweinefleischwürfel in Eigelb, dann in Pfeffer und Salz, schließlich in Mehl und hörte jemandem zu, der ein geradezu lächerliches Selbstbewußtsein und ein leises, aber fröhliches Lachen besaß. Was sein Leben auch anstellte, er schien es immer genau zu verstehen, denn das war sein Beruf, seine Kybernetik. In den wenigen Minuten seines Vortrags sprang er von grundlegender Freiheit zu kreativer Individualität und zu seinem gerade erschienenen Aufsatzband, der lauter leicht zugängliche und unterhaltsame Essays zu diesen und vielen anderen Themen enthielt und in allen besseren Buchhandlungen erhältlich sei.

Mit Buchläden kannte sich Mrs. Brindle aus. Eine Zeitlang hatte sie gedacht, Buchläden könnten ihr helfen. Immerhin wurden ständig Bücher veröffentlicht, die angeblich als Führer durchs Leben und Allzweck-Inspirationsquelle dienten. Sie hatte eine beträchtliche Anzahl von Buchhandlungen und Antiquariaten durchforstet, ohne auch nur ein einziges nützliches Buch zu finden. Und sie hatte entdeckt, daß die Pilzsporen, die auf älteren Büchern gedeihen – auch auf Lebenshilfe-Bänden – Halluzinationen und Psychosen hervorrufen können und, kurz gesagt, eine echte Bedrohung der geistigen Gesundheit darstellen. Das wunderte sie überhaupt nicht.

Zeit und Hoffnung, die sie auf diese spezielle Suche nach Erleuchtung verschwendet hatte, drohten sie unzufrieden zu machen, also beschloß sie, ihre Gedanken Gluck zuzuwenden. Sie würde Gluck gerne lesen. Das war auch nicht schädlicher oder nützlicher als irgendwelche anderen Bücher, und sie würde wenigstens jemand Unterhaltsamen in ihren Kopf einladen.

Aus früheren Erfahrungen hatte sie gelernt, daß sie zum nächstgelegenen Buchladen gehen, ein Buch kaufen und rechtzeitig zur gelungenen Zubereitung des Abendessens wieder zurück sein konnte. Also verließ sie Küche und Haus, während hinter der verschlossenen Tür das Radio weiter vor sich hin sang und murmelte.

Sie hatte nicht vergessen, wo sie hingehen mußte. Durch die Seitentür und die Treppe hinunter zu den Abteilungen RELIGION, SELBSTHILFE UND PSYCHOLOGIE. Diese drei Abteilungen schienen immer zusammen zu stehen, vielleicht mußten sie sich gegenseitig stützen. Viele der ausgestellten Titel waren ihr wohlbekannt. Ebenso bekannt war ihr das Gefühl, sich unauffällig am SELBSTHELFER-Regal entlangzuschieben und so zu tun, als wolle man ganz woanders hin – vielleicht zu ANDEREN HELFEN oder BELLETRISTIK – und sei überhaupt nicht auf dringende Hilfe angewiesen, ganz egal, woher. SELBSTHILFE war schon für sich selbst genommen keine besonders hilfreiche Kategorie – Mrs. Brindle konnte sich nicht selbst helfen, deswegen hatte sie ja so viele dieser Bücher gekauft und unbefriedigend gefunden. Die Titel zwinkerten ihr zu wie die Visitenkarten fröhlicher literarischer Trickbetrüger.

Wie üblich gab es auch heute keine Abteilung ANGST VORM STERBEN oder ENDGÜLTIGER VERLUST. Das lag wohl an mangelnder Nachfrage. Oder an der geringen Kaufkraft der Leser, die vom Jenseits besessen waren.

Glucks Essays lagen aufgestapelt auf einem Tisch am Rande der PSYCHOLOGIE – etwa zwanzig Exemplare eines cremefarbenen Hardcovers, auf dem in knallroten Buchstaben der Name des Autors und der Titel leuchtete. Außerdem konnte sie einen cremefarbenen Schädel erkennen, in dem die beiden Gehirnhälften zu sehen waren, leicht reliefartig hervorgehoben. Sie nahm ein Buch in die Hand und fuhr mit dem Zeigefinger langsam über die Kurven und Hügel des papiernen Schädels. Es fühlte sich gut an. Sie gönnte sich eine kleine Pause. Dann schlug sie die neuen Seiten auf, atmete den bitteren Geruch druckfrischer Ware und überflog die ersten Sätze.

Jahrzehntelang hat eine unheilige Allianz aus Neurologen und Ingenieuren versucht, mechanische Nachbauten des menschlichen Gehirns herzustellen. In den sehr engen Grenzen einiger Teilbereiche hatten sie Erfolg. Man fragt sich jedoch, warum sie in ihren Bemühungen nicht nachlassen, wo doch zwei sexuell kompatible und fruchtbare menschliche Lebewesen das Originalprodukt und das dazugehörige Versorgungssystem innerhalb weniger Monate und mit relativ geringem finanziellem Aufwand herstellen können.

Auf der Rückseite des Schutzumschlags war ein grobkörniges Foto von Gluck – mit ernstem Gesicht vor dramatisch bewegtem Wolkenhintergrund. Zu sehen waren nur sein Kopf und seine Schultern, deshalb konnte sie nicht erkennen, ob er auf einem Dach stand, auf einer Klippe oder gar auf dem oberen Deck eines leeren Busses. Das Licht auf seinem Gesicht erweckte irgendwie den Eindruck, daß er vor einem sehr großen Fenster posierte. Vielleicht konnte er sich ein Haus leisten, das solche Annehmlichkeiten bot.

Die Computertechnologie wird mit jedem Tag raffinierter. Wir sind Zeugen des unaufhaltsamen Aufstieges immer neuer Generationen von Maschinen, die in immer unglaublicherem Tempo eins und eins und eins zusammenzählen. Gleichzeitig stellt der Computer heute nicht mehr so sehr eine Nachbildung des menschlichen Geistes dar, sondern eher ein emotionsfreies Idealziel, dem er sich vielleicht eines Tages nähern kann.

Nur ein halbes Dutzend U-Bahn-Haltestellen, und sie wäre wieder zu Hause; niemand müßte je erfahren, daß sie davongelaufen war. Das Buch war ein kleines Ding, das konnte man an vielen Orten aufbewahren. Nicht verstecken, nur sicher aufbewahren.

Tunnellichter und Bahnhöfe rauschten gekrümmt an ihr vorüber, und sie hielt *Gluck – Die neue Kybernetik* sacht und heimlich gegen ihren Mantel gedrückt. Die Festigkeit des Buches war beruhigend, und schon das war angenehm; was den Inhalt anging, durfte sie sich keinen zu großen Erwartungen hingeben. Sie würde den Zeilen des Professors Gluck nur ein klein wenig von ihrer Zeit widmen und vielleicht kein Wort verstehen, aber das wäre gar nicht schlimm. Eine leichte Dosis Verwirrung täte ihr gut und würde ihr nicht schaden. Und sie würde jemanden lesen, der sich mit dem Denken wirklich auskannte: mit seinem eigenen, mit dem anderer Menschen. Er verstand den Lauf der Dinge, und sie konnte ihm in seinem Buch beim Verstehen zusehen.

Während die U-Bahn sie zittern und beben ließ, erinnerte sich Mrs. Brindle, wie sehr sie einmal danach gesucht hatte – nach Verstehen. Sie hatte nie spirituelle Führung gewollt oder heilsame Ernährung, oder Einfluß auf ihre Aura, oder sexuelle Erweckung. Sie wollte nie bloß den vagen Vermutungen eines diplomierten Fremden ausgeliefert sein. Sie hatte auch nie vergänglichen Trost bei den Kirchenliedern ihrer Kindheit gesucht, oder in der Absolution, nicht einmal in den schönsten Mysterien. Mrs. Brindle wollte jemanden, der verstand, einen Menschen, der ihr sagen konnte, was falsch war und wie man es richtigstellen könne.

Irgendwo im wissenschaftlichen Betrieb sind Schablone und Vorlage vertauscht worden. Das beschränkte mechanische Modell wird benutzt, das beklagenswert unerforschte biochemische Original zu analysieren und nach Fehlern zu suchen. Die bewundernswerte Fähigkeit des Computers, Informationen zu speichern, und sein eher unterentwickeltes Talent zu Schlußfolgerungen aus diesen Fakten werden als das leuchtende Vorbild der Erkenntnis dargestellt. Der Mangel an Flexibilität und vor allem der Mangel an emotionalem Einfluß beim Speichern und Finden von Informationen sind angeblich ein entscheidender Vorteil. In manchen Kreisen werden gar die Realität und die schrecklich armselige virtuelle Realität für völlig austauschbar gehalten.

Politische und soziale Theorien, die nicht auf der Grundlage vollständiger, sondern lediglich numerischer Fakten errichtet werden, können von menschlichem Leid oder menschlicher Freude nicht beeinflußt werden. Ist ein Tod beispielsweise nur eine negative Größe in der Kampfbereitschaft oder in Bevölkerungsstatistiken? Oder ist er ein gewaltiger emotionaler

und intellektueller Verlust? Wie lange kann unsere Spezies noch gedeihen, wenn wir uns selbst als numerische Fakten, als Arithmetik betrachten? Die Menschheit, ihr Potential und ihre Stärken, die sich im menschlichen Gehirn manifestieren, werden systematisch ausgelöscht.
Die neue Kybernetik ist ein Versuch, diese Auslöschung zu verhindern, umzukehren. Die nachfolgenden Essays beschäftigen sich mit ihrer Anwendung bei der Behandlung von Krankheiten, im Hinblick auf Informationstechnologien, bei der Entwicklung der Persönlichkeit, beim Lernen und schließlich – in eher spekulativer Weise – in der Geschichtsforschung, in der Philosophie und in der Ethik.

An jenem Abend bügelte sie an vierzehn schon gebügelten Hemden die Kragen und Manschetten nach und setzte sich dann im flackernden Licht eines Schwarzweißfilms auf den Teppich und las Gluck.

Zuerst hatte sie Angst. Sie wollte nicht, daß er jeden einzelnen Teil von Mrs. Brindle zu Tode erklärte. Sie hoffte doch, daß einige Dinge nicht vollständig zu erklären waren: wie sie lachte, daß sie Apfelsinen genau wie ihre Mutter schälte, was sie aufregte. Sie wollte nicht gesagt bekommen, daß sie nichts weiter sei als Atome, die sich mit anderen Atomen verbanden, Zellen, die sich zusammenschlossen, elektrische Ströme, die durch ein Leitungssystem wanderten, welches zufällig auch Blut vergießen konnte. Sonst wäre alles, was von ihr übrigbliebe, eine Art biochemischer Taschenspielertrick. Sie hatte Angst, daß Gluck sie zerbrechen und zerteilen könne, zerreiben zwischen nichts und nichts mehr.

Aber Gluck beruhigte und bestärkte. Er führte sie langsam durch die glitzernde Dunkelheit, als die sie sich ihren Geist vorstellte. Er versicherte ihr ganz persönlich, sie sei *das Wunder, das sich selbst erschafft.*

Das war ein guter Anfang, ein guter Gedanke, etwas einsam vielleicht. Bislang hatte Jemand Anderes sie geschaffen, sie betrachtet und gesehen, daß sie gut war.

Irgendwo in ihren zehntausend Millionen denkenden Zellen war die Erinnerung an die Zeit, als Einsamkeit ein leicht zu behebendes Mißverständnis war, weil Jemand Anderer immer da war, nur knapp außer Reichweite. Er hatte sich mal mehr, mal weniger offenbart, aber er war doch immer, absolut, ewig *da* gewesen: Gott. Ihr Gott. Unendlich zugänglich, ein Trost ihres Fleisches. Er war ihre schönste Liebe. Er war ihr gern ein Gefährte, ein Vater, ein Freund gewesen und Er hatte ihr etwas geschenkt, das sie bei anderen Menschen nur selten entdeckte: eine Seele voller Vertrauen. Denn für Mrs. Brindle war kein Gebet unbeantwortet geblieben. Jahrzehntelang war sie niedergekniet, hatte die Augen geschlossen und gespürt, wie sich ihr Kopf an das heiße Herz der Welt lehnte. Das Herz hatte sie umhüllt, hatte ihr alles gegeben, hatte sie emporgehoben, sie gewiegt, hatte ihr die Unruhe genommen und ihr Schönheit geschenkt. Mrs. Brindle war makellos schön gewesen.

Jetzt war sie nur noch ein Bündel von Tätigkeiten. Sie versuchte, den Anfällen von Verzweiflung durch sinnlose Einkäufe oder Putzattacken zu entrinnen, sie verfeinerte ihre Kochkunst und verlor jedes Vertrauen in Selbsthilfebücher. Sie hatte gelernt, daß ihr jetziges Leben die Normalität war. In der realen Welt zu existieren, bedeutete Wiederholung und Sinnlosigkeit; das waren die absoluten Fakten, unumstößlich. Ekstase war weder üblich noch nützlich, denn sie lenkte nur ab oder machte sogar abhängig. Ihr natürliches, gleissendes Glück hatte sie aus dem Gleichgewicht gebracht, aber nun konnte sie die Balance wiederfinden und gesunden.

Mrs. Brindle versuchte, zufrieden mit ihrem plötzlich normal gewordenen Leben zu erscheinen und sich an ihre neue Welt anzupassen, auch wenn sie alle Dinge, jede Berührung hart und kalt empfand. Sie gestattete sich, dem Verlorenen untreu zu werden, indem sie sich nicht mehr danach sehnte. Aber als diese Untreue unerträglich wurde und sie sich nur noch tödlich einsam fühlte, versuchte sie wieder zu beten.

Ihre ersten Versuche wirkten wie gepflegt artikulierte Gedanken. Nicht mehr. Sie bemerkte, daß sie Ihn nicht mehr erreichen konnte. Manchmal konnte sie noch so etwas wie einen Schrei herauspressen, aber sie wußte sofort, daß er auf ihr Gesicht zurückfiel. Schließlich schrumpften ihre Worte auf ein Murmeln im Hintergrund zusammen, unterlegt von zahllosen Bitten um Hilfe.

Also zog sich Mrs. Brindle zurück und suchte Trost in den Verrichtungen des Alltags. Sie war immer auf der Suche nach kleinen Befriedigungen. Man konnte Kassiererinnen anlächeln, zufällig auf gepflanzte oder wilde Blumen stoßen, eine vorbeiziehende Melodie genießen, und einmal in der Woche setzte sie alles daran, ein neues, aufregendes und preiswertes Kochrezept zu finden. Ihr war immer elend und elend und dann noch elender, aber sie blieb immer höflich und zuvorkommend, und das Elendste war, es gab keinen anderen Weg, aber eigentlich war es dieser Weg des geringsten Widerstandes, dem sie besonders gern widerstanden hätte.

Und jetzt schleppte sich schon wieder ein elendes Jahr in den Juni, ohne Widerstand oder auch nur ein Lebenszeichen.

Da es Mrs. Brindle an Willen oder Interesse mangelte, ließ sie ihr Handeln von Gewohnheiten bestimmen. Der Freitagmorgen gehörte der Suche nach Rezepten: zweimal zu allen Zeitschriftenhändlern der Nachbarschaft und zur Not noch in die Bibliothek.

Am dritten Freitag im Juni fand Mrs. Brindle schon im zweiten Laden auf der Hauptstraße, was sie suchte. Eine aggressiv fröhliche Titelseite lachte sie an, auf der Fruchtdesserts posierten und Kußmünder herzeigten: Mandelmus, Kirschen, Aprikosen, Vanillecreme, dazu passende Liköre; jede einzelne Zutat verhieß Genuß. Ein gutes Nachtischthema konnte sie wochenlang erforschen. Dies hier war für heute ein ermutigender Sieg des Positiven.

Als sie den Artikel entdeckte – den anderen Artikel, den Artikel, der sich nicht um stimmungsvolle Accessoires oder Pudding drehte – stand sie mit einer frischen Tasse Tee an der Spüle und suchte die Fensterbank halbherzig nach Spuren von Verschmutzung ab. Irgendwo unter ihrem Brustbein wurde es warm, nicht vor Überraschung, sondern vor Vertrautheit, und beinah hätte sie das Foto des bekannten und offenbar inzwischen schon sehr angesagten Professors Edward E. Gluck angelächelt. In einem kurzen Artikel wurden seine Theorien abgehandelt, der kontroverse *Prozeß* und seine unbestreitbaren Ergebnisse, und sie kannte das alles schon viel besser aus seinem Buch. Sie konnte die journalistische Zusammenfassung seiner Gedanken wissend überfliegen und zu dem Urteil gelangen, daß sie unvollständig war. Diese Menschen verstanden ihn nicht so wie sie.

Andererseits wußten sie aber auch etwas, was sie nicht wußte. Sie konnten darauf hinweisen, daß Gluck demnächst eine Versammlung großer Geister in Deutschland beehren würde. Professor Gluck würde in der Woche von einem angegebenen Datum im Juli zu einem anderen sein Haupt in Stuttgart betten.

Es erschien Mrs. Brindle nur recht, daß sie über Glucks Aufenthalt während einer vollen Sommerwoche informiert war. Es schien nur recht, daß sie an Gluck und an Stuttgart denken und glücklich sein konnte, denn Glück ist eine nicht zu verachtende Größe, man sollte nie unterschätzen, was manche Menschen dafür bereit waren zu tun. Eine Reise ins Ausland konnte da leicht als erträgliche Unannehmlichkeit gelten. Egal, wieviel Rechtfertigung und finanzielle Anstrengung eine solche Reise

– vielleicht nach Deutschland? – erforderten, es schien machbar, vernünftig, lohnend.

Da sie Gluck so gründlich gelesen hatte, wie es ihr möglich war, wußte sie über Obsessionen, ihre Ursachen und Symptome Bescheid. Sie hatte genug gelernt, um zu erkennen, ob Gluck ihre momentane Obsession war.

Natürlich war sie ihm im Geiste nah, und das konnte zu der Annahme führen, es gebe da auch eine andere Nähe. Obsessives Denken liest aus jedem noch so wahllos zufälligen Zusammentreffen von Dingen oder Ereignissen eine Bedeutung heraus. Zufall wird mit Vorsehung verwechselt. Glücklicherweise war sie durch ihre Selbsthilfelektüre bestens mit ihrem Denken vertraut und wußte, daß ihr kaum etwas ferner lag als Obsession. Sie hatte nie vorgehabt, Gluck nachzusteigen, sie hatte einfach ihr Leben lang die Augen offen gehalten und ihn schließlich gefunden.

»Waren Sie jemals glücklich? Sagen Sie ehrlich, waren Sie jemals wirklich glücklich, können Sie sich erinnern? So richtig, im Hier und Jetzt, durch Mark und Bein und Fleisch und Blut glücklich, kein Ende in Sicht? Hm?«

Er war braungebrannt. Professor Gluck stand da und redete wie ein echter lebendiger Mensch, direkt vor ihr und braungebrannt.

Und es war so viel von ihm da. Jede Bewegung der Schultern, jedes Verlagern des Gewichts konfrontierte sie mit beunruhigender dreidimensionaler Realität. Sie hatte sich schon gedacht, daß er fotogen sei, daß er gern glänzte, aber diese ausgesprochen einnehmende Erscheinung hatte sie nicht erwartet.

»So glücklich, daß Sie nichts anderes tun können als lächeln, und lächeln, und noch einmal lächeln, und dann kann man schließlich immer noch, nun ja, lächeln.«

Professor Gluck lächelte wie zu Demonstrationszwecken

strahlend im Kreis herum. Seine kleine Zuhörerschaft schien leicht zu erschauern. Vielleicht war ihnen so viel Persönlichkeit auf einmal zu viel.

»Oh, beim ersten und zweiten Mal versucht man noch, das Ganze mit einem Hüsteln und einem Kopfschütteln abzutun, aber schließlich muß man doch die Zähne zusammenbeißen und nur noch grinsen. Man kann es einfach nicht verhindern. Wenn Sie – zum Beispiel – glücklich sein wollen, ist es sehr wahrscheinlich, daß Sie es auch werden. Der Prozeß funktioniert. Natürlich kann man die Resultate im einzelnen nicht vorhersagen, aber allein aus meiner eigenen Erfahrung kann ich Ihnen sagen, daß Sie womöglich so zufrieden sein werden, daß Sie wildfremde Menschen erschrecken. Bewahren Sie diesen Gedanken. Nun …« Er hielt inne und schaute Mrs. Brindle direkt an, und ihr fiel auf, wie deplaziert sie hier wirken mußte. Ein Blick genügte, um ihm zu sagen, wer sie war – die Verrückte, die ihm geschrieben hatte, daß sie käme.

»Ich bin schon fast zu spät dran zu einer Verabredung. Vielen Dank Ihnen allen.«

Der Kreis, der sich um ihn bildete, bekam die Hände geschüttelt und die Schultern geklopft. Dann entwand sich Gluck der Menge und kam auf sie zu. Kaum hatte er der Gruppe seine Aufmerksamkeit entzogen, löste sie sich auf.

»Mrs., ähm, Brindle?«

Irgend etwas hatte in ihrem Brief gestanden, das ihn dazu gebracht hatte, sich mit ihr zu treffen. Das war gut so, denn sie hatte Wochen gebraucht, ihn zu schreiben. Jetzt war ihr Problem, daß sie sich nicht noch einmal so klar ausdrücken konnte; jedenfalls nicht so, daß er sie hören konnte. Sie war außerdem zu nervös zum Atmen. Die Unruhe direkt unter ihrer Haut ließ ihre Hände zucken, und sie versuchte, nicht verzweifelt nach Luft zu schnappen. Sie wollte noch einmal ganz von vorn anfangen, in einem günstigeren Moment, wenn sie bereit war und sich nicht wie ein frisch an Land gezogenes Meerestier fühlte.

Glucks Stimme war unverwechselbar – ab und zu rutschte sie eine Oktave nach unten, und dieses sonore Grummeln unterlegte seinen Sprechrhythmus, seine eigene Sprachmelodie. »Mrs. Brindle, habe ich recht?«

Er sollte auch sehr gut singen können. Sie hatte ihre Erkundigungen eingezogen. O Gott, es war einfach unfair und unvernünftig, daß sie solche Angst hatte.

»Mrs. Brindle?«

»Ja, ja, Sie haben recht, Professor Gluck.«

»Mein Lieblingssatz. ›Sie haben recht, Professor Gluck.‹ Gut gemacht. Da drüben an der Wand steht ein Tisch, wo uns niemand stören wird, und ich habe Kaffee bestellt, es ist aber gut möglich, daß wir keinen bekommen werden. Sind Sie auch hier untergekommen?«

Sie spürte, wie sie vorangeschoben wurde – von seiner Willenskraft oder der bloßen Kraft seiner Worte, oder vielleicht auch nur von seiner Hand, die sanft auf ihrem Rücken ruhte. Sie antwortete irgendwie, während ihre Kehle von Panik zugeschnürt wurde. »Ich? Nein. Nein, bin ich nicht.«

»Sehr vernünftig – ich glaube, dies ist das schlimmste Hotel, in dem ich je umsonst gewohnt habe.« Er nickte im Vorbeigehen einem jungen Mann mit Aktentasche zu, hob grüßend die Hand in Richtung eines Paares, das bei der Tür stand, und neigte schließlich den Kopf in ihre Richtung. »Vielleicht müssen wir die letzten Meter rennen, ich glaube, die Meute kommt näher.« Er vermied nur knapp ein Lächeln. »Sie müssen entschuldigen, Mrs. Brindle – ich mußte den ganzen Morgen charmant sein, und das bekommt mir nie gut.«

Sie war nicht sicher, ob sie das entschuldigen sollte. Sie war auch nicht so sicher, was den Charme anging, aber er war zweifelsohne eine Erscheinung. Eine Erscheinung, die sicher zu einem beträchtlichen Teil Gluck ausmachte. Sie ging sehr vorsichtig weiter. Daß sie seine Gestalt neben sich spürte, drohte sie stolpern zu lassen. Seine Hand schob sie weiter mit hilfreichem, interesselosem Druck voran.

Als sie glücklich in ihrer Ecke angelangt waren, drapierte Gluck ein Bein über die Armlehne seines Stuhls und machte deutlich, daß er nicht nur erstaunlich lange Gliedmaßen besaß, sondern sich auch wie zu Hause fühlte. Es schien ihm Freude zu bereiten, seinem bereits zerknitterten teuren Anzug noch ein paar Falten mehr zuzufügen. Hin und wieder legte er die Hände aneinander oder biß mit seinen weißen Schneidezähnen auf seine braunen Daumen, und die ganze Zeit schaute er und grinste und schaute. Sein Blick blieb stetig in Schulterhöhe, und nachdem er genug an ihr vorbeigesehen hatte, drehte er sich etwas, um Mrs. Brindle im Ganzen anzuschauen. Er beendete die Musterung mit einem langsamen Senken der Lider über seinen milchig blauen Augen.

»Jetzt sollten wir uns kennenlernen, nicht wahr? Aber bitte, entspannen Sie sich erst einmal, das spart eine Menge Zeit.«

Sie hatte sich schon etwas zurückgelehnt und versuchte jetzt, ihre Arme still zu halten, falls sie ihr den Dienst versagen sollten. Ihre Glieder waren zwar weniger verkrampft, aber sie spürte sie auch kaum noch. Sie schien sich jedoch darauf verlassen zu können, daß ihre Hände nicht zitterten. Das war gut, darauf konnte sie aufbauen. Sie wünschte, sie wüßte nicht, wie blaß sie war und wie für jedermann sichtbar diese Ringe unter ihren Augen waren. Ihre Wangen und ihre Nase kribbelten rot nach der ungewohnten Sonneneinstrahlung von gestern, und trotz der gut funktionierenden Klimaanlage fühlte sie sich verschwitzt. Ihr körperlicher Zustand sollte eigentlich keine Rolle spielen – Gluck war es sicherlich völlig egal, wie sie aussah –, aber es wäre ihr wirklich lieber gewesen, schon um ihres Stolzes willen, wenn sie nicht ganz so furchtbar ausgesehen hätte.

Es war nicht gerade leicht, aus einem Gefühl unermeßlicher Unterlegenheit heraus, um Gefälligkeiten zu bitten.

»Klick, klick, fffopp. Zippo.« Gluck zwinkerte ihr zu und imitierte einen bulligen, hemdsärmeligen Mann, der an einer frisch angesteckten Zigarre zog. »Zippo-Feuerzeuge hören sich immer gleich an. Als ich jünger war, wollte ich unbedingt rauchen, nur damit ich eins benutzen konnte.« Das Weiß in seinen Augen leuchtete etwas zu grell zu seinem Grinsen.

»Haben Sie nie Pyromanie in Betracht gezogen? Ist doch viel gesünder.«

Er drehte sich ganz um und sah ihr direkt ins Gesicht. Ein eigenartiger Ausdruck von Appetit huschte kurz über seine Züge. »Das ist zweifellos richtig. Zweifellos richtig. Erinnern Sie mich doch bitte, was ich für Sie tun kann, Mrs. Brindle. Jetzt, wo wir wirklich miteinander sprechen.«

Es gefiel ihr, daß sie ihren Eindruck bei anderen Menschen manchmal durch eine überraschende kleine Bemerkung verändern konnte. In größeren Gruppen klappte das nicht, weil sie oft niemand hörte – sie schien ziemlich oft nicht vernehmbar zu sein –, aber zweifellos bot ihr der gute Professor Gluck jetzt noch einmal die Gelegenheit zu glänzen. Er versuchte, sie einzuordnen, zu entdecken, wer sie eigentlich wirklich war. Beinahe hätte sie ihm gesagt, wie gut sie das Gefühl kenne.

Gluck beugte sich vor. »Lassen Sie sich übrigens nicht davon beunruhigen, daß unser Kaffee nicht kommt. Er wurde immer von einer blendend aussehenden jungen Kellnerin gebracht – jetzt kommt sie nicht mehr, und oft werde ich gar nicht bedient. Mit mir sind Sie in schlechte Gesellschaft geraten, gebe ich zu; aber ich wüßte schon gerne, was ich eigentlich genau falsch gemacht habe. Ein Jammer, sie war so ein nettes Mädchen.«

Sie wußte, daß er nur auf ihre Reaktion wartete, um zu sehen, ob sie entrüstet wäre, also versuchte sie, angemessen gleichgültig zu erscheinen. Er war nicht überzeugt, starrte sie weiter an und atmete schließlich hörbar und schulterzuckend aus. »Nun gut. Ich habe Ihren Brief leider nicht bei mir … aber … lassen Sie mich erst einmal sagen, wie sehr es mich beeindruckt hat, daß Sie diese weite Reise auf sich genommen haben. Ich hoffe, daß sie auch ein lohnendes Ergebnis zeitigt.«

»Ich brauchte mal Urlaub.«

»Und da ist dies natürlich ein ebensogut geeigneter Ort wie jeder andere auch. Ganz richtig. Reden Sie mit mir, Mrs. Brindle, ich beginne mich einsam zu fühlen.« Gluck zog sich zurück, zuerst seine Augen – sie kühlten ab, ihr Licht erlosch.

»Sie kennen sich mit dem Gehirn aus. Sie … wenn Sie davon schreiben –«

»Ich weiß genug über mich, vielen Dank. Erzählen Sie mir von sich und Ihren Problemen, und ich will nicht drängen, aber ich muß spätestens um 14 Uhr 25 wieder im Konferenzsaal sein. Hören Sie sich die Vorlesungen an?«

»Ja.«

»Alle?«

»Ja. Oder die meisten. Manche sind nicht öffentlich.«

»Also interessiert Sie nicht nur meine Arbeit?«

»Ihre Arbeit interessiert mich am meisten. Deshalb bin ich hier. Bitte, wenn Ihre Zeit so knapp ist …«

Sie holte Luft und rang sich einige Sätze ab, von denen sie hoffte, sie seien das, was sie zu denken glaubte oder zu denken hoffte, oder das, was *er* dachte, oder was *irgend jemand* irgendwann gedacht hatte beim Versuch, irgend etwas mit Sinn zu füllen. »Religiöse Erfahrungen, spirituelle Gefühle … wissen Sie, ob auch das nur Chemie ist … elektrische Zuckungen. Wissen Sie, ob …? Ist es wahrscheinlich, daß … irgendwas … aus Beschreibungen. Kennen Sie *diesen* Prozeß? Wahrscheinlich ist er Ihnen niemals untergekommen … warum sollte er auch … ich meine …« Sie versuchte, nicht zu seufzen. »Ich habe ein Problem.«

»Offensichtlich. Und zwar eines, das Sie im Augenblick nicht in der Lage sind zu beschreiben. Hatten Sie ein religiöses Erlebnis?«

»Nein, zumindest war das –«

»Hätten Sie gern ein religiöses Erlebnis?« Er konnte den Anflug eines Schmunzelns nicht unterdrücken.

»Spirituell.«

»Hätten Sie gern ein spirituelles Erlebnis, oder hätten Sie gern eine Definition eines spirituellen Erlebnisses?«

»Sowohl als auch.«

»Sie müssen schon etwas genauer mit Ihren Wünschen sein – sonst bekommen Sie nie, was Sie wollen.«

»Es tut mir leid.« Aber es tat ihr nicht leid. Sie fühlte sich gedemütigt.

»Ich kann Ihnen jedenfalls kein spirituelles Erlebnis verschaffen.«

Glucks Blick schien sich an ihrem Unwohlsein zu weiden; seine Augen leuchteten boshaft. Er hatte beschlossen, sie als Zwischenspiel, als Scherz zu betrachten, und sie wollte darüber wütend werden, aber in ihrem Kopf war für nichts mehr Raum, als seinen kommenden Worten zu lauschen. Sie war zu verzweifelt auf der Suche nach der geringsten Hilfe, um jetzt noch Würde zu bewahren. Ihre Blicke trafen sich, blieben aneinander hängen, trennten sich wieder. Glucks Stimme verschwand beinahe in seinem sonoren Grummeln. »Was Definitionen und Erklärungen angeht … ich könnte Ihnen eine ganze Ladung anbieten – die chemische, die elektrische, die extreme, die psychotische, die psychotropische, die traumatische … Wenn Ihnen das alles nicht übernatürlich genug erscheint, dann denken Sie bitte daran, daß eine Erklärung nur so lange wahr ist, wie sie nicht widerlegt wurde. Ich arbeite nicht auf dem Gebiet absoluter Wahrheiten. Selbst ein vollständiger Fakt ist nicht wirklich vollständig, es ist nur der derzeit gelungenste Versuch – ein gesundes Eingeständnis des ständigen Scheiterns. Manchmal ist eine Definition bloß eine überzeugend genaue Schätzung. Oder reden wir über Gott? Den Glauben? Darüber weiß ich wenig bis gar nichts.«

»Tut mir leid, ich verschwende Ihre Zeit. Aber in Ihren Essays, da war so etwas, ein Verständnis … das hatte eine Qualität, nicht so sehr die Theorien selbst, sondern etwas in den Theorien …«

Sie wußte, das ganze Foyer beobachtete im stillen ihre Kommunikation: Gesten, Pausen, Blicke. Sie verbrauchte Zeit, die *ihnen* gehören sollte, sie verschwendete die Augenblicke, die *sie* in der Nähe ihres Lieblings zubringen könnten, um eine Trophäe, ein Zeichen, einen innigen Moment zu erhaschen; sie wollten so gern in einer seiner Anekdoten auftauchen, selbst auf die Gefahr hin, schlecht wegzukommen. Wenn Gluck selbst diese Aufmerksamkeit bemerkte, so verbarg er das geschickt.

»Eine Qualität. Eine spirituelle Qualität in meinen Theorien? Hm, nun, das ist ganz natürlich – jede echte Suche stößt an die Grenzen unserer Erfahrung, stößt ins Unbekannte vor, vielleicht auch ins Unerforschliche, und das ist eine demütigende Erfahrung. Ich denke, Demut hat schon etwas Spirituelles.«

»Sie sind demütig? Obwohl Sie sich als egoman bezeichnen?«

Er leckte sich ein rasches Grinsen von den Lippen. »Bedenken Sie eins, wenn Sie aus Interviews zitieren: Sie sind meist pure Fiktion, und so sollte man sie auch behandeln. Aber Sie haben schon recht, ich besitze ein ausgeprägtes Ego. Und das meine ich jetzt nicht im Freudschen Sinne, den müssen wir hier gar nicht mit hineinziehen. Aber trotzdem fühle ich Demut. Ich kann voller Bewunderung für mich selbst sein – und dennoch demütig. Ich arbeite schließlich an der Spitze eines Wissenschaftsgebietes, das ich eigenhändig erschaffen habe. Wenn einem das gelingt, kann man schon zufrieden sein.« Sie sah sein Gesicht innehalten, sich entspannen. Es sah erschreckend müde aus. »Mrs. Brindle, die schiere Größe dieses Werks und seine Schönheit – nicht mein Anteil daran, sondern das Werk selbst – das macht demütig.« Er hielt wieder inne und hätte beinahe geseufzt, während er eine Strähne seines zu langen Haares zurückstrich. »Ich bin Ihnen keine Hilfe, oder? Das merke ich.«

»Wie meinen Sie das?«

»Ich meine, daß Sie jetzt viel öfter die Stirn runzeln als vorhin, und Sie sehen wirklich besorgt aus. Und wir haben immer noch keinen Kaffee bekommen – nicht einmal das kann ich Ihnen bieten. Ich habe versagt, und um ganz ehrlich zu sein, das bin ich nicht mehr gewohnt.«

»Das kann ich mir denken.« Sie versuchte, nicht ungeduldig zu klingen. »Hören Sie, ich will Sie nicht ... Ich denke, es liegt an diesem verdammten Foyer und all diesen Leuten. Ich bin jetzt zu müde. Und diese Hitze bringt mich um. Es war so schwierig, ein Treffen zu arrangieren, und die Hotelangestellten haben so viel Zeit verschwendet, und ich dachte ... Ich weiß, daß Sie morgen abreisen und ... Meinen Sie, ich könnte noch mit Ihnen reden? ... später?« Ihre Stimme sackte zu einem fragenden Jammern zusammen, sie fühlte sich dumm und war kurz vorm Heulen.

Glucks Kopf zuckte nach vorn und seine Stimme, ein tiefes, gleichmäßiges Knurren, klang unangenehm geduldig. »Mrs. Brindle, während wir uns hier unterhalten, bin ich für den Nobelpreis im Gespräch. Mal wieder. Meine Vorlesungen hier werden vom Hörsaal in einen größeren Saal übertragen, der das zusätzliche Publikum kaum aufnehmen kann. Ich habe gerade erst ein Interview mit einem großen – wenn auch etwas anrüchigen – Herrenmagazin abgelehnt. Kurz gesagt, es gibt außer Ihnen eine ganze Reihe Leute, die gerne mit mir reden würden.«

Sie hielt den Kopf gesenkt, damit er nicht sah, daß sie ihre Augen geschlossen hatte, um jede unpassende Gefühlsäußerung zu verbergen. »Ich verstehe schon. Wie schon gesagt, ich wollte ja vor allem Urlaub machen. Vielen Dank für ... für Ihre Zeit.«

Er stand auf und beugte sich stirnrunzelnd über sie, noch bevor sie nach ihrer Tasche greifen konnte.

»Mrs. Brindle, seien Sie nicht so impulsiv. Das ist Ihre Art, nicht wahr? Kommen einfach den ganzen Weg nach Stuttgart, ohne irgendwelche ... Garantien. Sie sind nicht aufzuhalten, was? Es ist mir natürlich unmöglich, mit *allen* zu reden. Dafür gibt es ja die Vorlesungen. Aber außerhalb der Vorlesungen suche ich mir aus, wen ich *will*.«

Sein Gesicht wurde zu einem Abbild des Wohlwollens, und sie versuchte, nicht zu überlegen, was er wohl meinte und wen er wohl meinte und wie gern sie ihn bei den Schultern packen und schütteln würde, damit Gluck klarwurde, daß sie sich ganz auf ihn und seine Fähigkeiten verließ, sie wieder auf den rechten Weg zu bringen.

Er setzte sich langsam wieder hin und sah sie an, und Mrs. Brindle glaubte eine Veränderung zu bemerken: eine weite, kühle Stille in seinen Augen. Im Inneren des Mechanismus, der Maschine aus Metall, Öl und Treibstoff, die Gluck jeden Tag in Gang setzte – teils, um seine Brötchen zu verdienen, teils, um die Welt zu erleuchten –, hatte er eine Entscheidung über sie getroffen.

»Könnten Sie mir sagen, wo ich stehe, Herr Professor? Ich muß Ihnen sagen, ich werde wohl auf Ihre Vorlesung verzichten. Es tut mir leid, aber ich brauche etwas Schlaf. Ich habe nicht viel geschlafen in letzter Zeit.«

Gluck zog die Schultern hoch und steckte die Hände in die Taschen. Das schien ein Anzeichen echter Konzentration, wenn nicht gar Zweifels zu sein.

»Professor? Ihr Publikum wartet.«

»Mmh?«

»Ich glaube, es gibt nicht einen Menschen in diesem Foyer, der uns nicht beobachtet.«

»Doch. Es gibt eine, wenn Sie mal zum Fenster schauen wollen. Ihr Name ist Frink ... nein, Frisch, und sie kann mich nicht leiden. Die Gründe sind ganz und gar unwissenschaftlich; man könnte sie wohlwollend als Enttäuschung umschreiben.« Gluck versuchte angestrengt, sowohl bescheiden als auch verwirrt auszusehen. »Sie hat mich die ganze Woche nicht eines Blickes gewürdigt, was nicht einfach ist. Das kostet viel Mühe. Egal, was ich sagen wollte, ist folgendes: Gegenüber der Stiftskirche ist ein italienisches Restaurant. Nicht zu verfehlen; nicht mal, wenn man müde ist.« Seine Stimme änderte den Tonfall, seine Augen streiften kurz ab. »Entschuldigen Sie bitte, aber Sie sehen wirklich müde aus. Tun Sie etwas dagegen und ... am besten wäre es so gegen sieben. Heute abend. Ich werde früher dasein, also machen Sie sich keine Gedanken. Sie sehen so aus, als kämen Sie auch gern zu früh. Ist das in Ordnung?« Ein direkter Blick, als wollte er zum späteren Gebrauch festnageln. »Mrs. Brindle?«

»Gut. Ja. Mein Hotel ist ... ich wohne nicht weit von dort.«

»Gut.« Er stand schon, hustete, schlüpfte in seine öffentliche Rolle. »Dann ist es ja gut. Dann können wir uns jetzt die Hand geben. Oh, und erzählen Sie es niemandem.« Er lächelte linkisch. »Es sei denn, Sie wollen mein Publikum dabeihaben. Also, was sieht nach *Leben Sie wohl für immer* aus? Ah, ich weiß schon.« Er drückte ihre Hand sanft zwischen seinen beiden, die warm, aber trocken waren. Obwohl sie sich schon fast an einen Hauch seines Geruchs gewöhnt hatte, wehte ihr sein plötzliches Näherkommen doch eine angenehme Mischung aus Seife, Stoff und Lotion in die Nase. Er roch sauber und mild und wahrscheinlich teuer, und nur ein schwacher Unterton von Schweiß war spürbar. »Und wie wäre es mit einer echt deutschen Verbeugung?«

»Ich weiß nicht –«

»Ein einheimischer Brauch.«

»Sie haben ... zu viele Haare. Ich meine, ich meine, ich meine nicht ... ich meine gar nichts. Es würde bloß nach vorn fallen. Das ist alles.« Sie versuchte ein intelligentes Lächeln, obwohl sie sich gerade völlig dämlich anhörte. Glucks Miene blieb undurchdringlich.

»Nun, in diesem Fall muß ich wohl einfach gehen. Sieben Uhr. Bis dann.«

Er drehte sich um und schritt mit einstudierter Eleganz durchs Foyer. Sein Kopf und die leicht angespannten Schultern überragten alle anderen.

In ihrem Hotelzimmer legte sich Mrs. Brindle ins Bett. Dort lag sie ganz still und hörte dem amerikanischen Truppensender zu, der ein fröhliches Loblied auf den cleveren Konföderierten Soldaten J. G. Rains sang, welcher hübsche Bomben und prächtige Torpedos erfunden hatte, außerdem die allseits beliebte Landmine – *auch diese im amerikanischen Bürgerkrieg zum ersten Mal eingesetzt.* Sie hörte die Nachrichten von AP-Network. Sie erfuhr alles über die großartigen Aussichten, auf die sich jeder Truppenangehörige nach seinem Ausscheiden bei der amerikanischen Post freuen durfte. Schließlich lauschte sie dem Alltagsmurmeln des Hotels um sie herum und der überheizten, ordentlichen Stille Stuttgarts. Die Schmerzen des Zuhörens ließen sie nicht einschlafen, ihre Ohren wollten sich nicht erfüllt zur Ruhe legen.

Die Badewanne war sauber und tief, wenn auch ein wenig

zu kurz zum Ausstrecken. Das Duschgel des Hotels war nicht unangenehm; ebensowenig übrigens wie das Nähset des Hotels. Die Handtücher waren in gutem Zustand: nicht zu hart und nicht zu weich.

Sauberer Teppich.

Frische weiße Bettlaken.

Sie legte sich wieder unter die Bettdecke.

So konnte das nichts werden.

Sogar unter der Decke fühlte sich Mrs. Brindles Haut unerträglich nackt – sich selbst zu berühren, mit sich allein zu sein, mit dem Arm über den Bauch zu streifen, mit einem Bein das andere, das riß sie immer wieder aus dem Dämmern. Irgendwie fühlte sie sich unnatürlich. Ihre Arme und Beine waren kalt. Der Himmel, den sie durch die dünnen Vorhänge sehen konnte, brodelte vor brüllender Hitze – mehr als dreiunddreißig Grad – und in ihrem Zimmer schien es kaum kühler zu sein, aber in ihren Adern saß ein kalter Schauer, der sie immer überfiel, wenn sie sich hinlegte.

Der Kleine Schloßplatz bog sich unter der Sonne, und eine freundliche Leuchtanzeige verkündete die weiterhin sengenden Temperaturen. Sie setzte sich in Windrichtung neben einen Springbrunnen und versuchte, sich auf die regelmäßigen Wellen feinen Sprühregens zu konzentrieren, den die Hitze fast schneller wieder verdunsten ließ, als er auf ihrer Haut landete. Sie war immer noch müde, und vielleicht hatte Gluck auch nur gescherzt, vielleicht kam er ja gar nicht. Das wäre ganz verständlich – er war berühmt, sie nicht.

Mrs. Brindle wußte, daß sie falsch angezogen war, daß sie leblose Kleidung trug, deren Farben im gnadenlosen Sonnenlicht verschwanden. Ein Anflug von Panik schüttelte sie und verschwand wieder, doch ihre Brust blieb verkrampft und ohne Atemluft. Gluck machte ihr jetzt schon Angst, obwohl er bestimmt gar nicht kam. Sie würde zum Restaurant gehen und dort unbelehrbar auf ihn warten, bis das Herumsitzen zu peinlich wurde.

Oder er kam tatsächlich, und dann würde ihr die Angst das Denken und die Sprache verschlagen, und sie würde die Zeit, die ihr mit ihm vergönnt war, sinnlos vergeuden. Aber das war ausgeschlossen, denn er kam ja sowieso nicht.

Jenseits der Wasserkaskaden sah man Klippen und Vorsprünge aus Beton. Die ganze Stadt war in glühenden Beton und blasse Berghitze eingekesselt. Die britischen Bomben hatten nur kleine Inseln der Vergangenheit übriggelassen: hier eine Kirche, dort ein öffentliches Gebäude. Die Spuren der Gewalt störten sie nicht, eher schon das Fehlen greifbarer Geschichte. Sie hatte das Gefühl, in einem riesigen weißen Loch von Gedächtnisverlust zu versinken.

»Gedächtnisverlust?« Glucks wirklich große Hände zerbrachen *grissini.* Der Tisch, der sie voneinander trennte, schien irgendwie nicht auszureichen. Gluck war von zwanglos aufdringlicher Körpergröße. »Sie sind nur im Ausland, Mrs. Brindle. Das ist nicht so schlimm, viele Menschen machen das andauernd – man nennt es in Urlaub fahren.«

»Das weiß ich auch.« Sie schaffte es nicht, die Schärfe aus ihrer Stimme zu verbannen.

»Aber?«

»Aber ich habe eben nicht erwartet, daß mich alles so völlig im Stich läßt, sobald ich mein Land verlasse. Ich meine, wenn die Leute und die Gebäude – die Kirchen – anders aussehen, verliere ich anscheinend auch den Glauben an alles andere. Ich glaube nicht einmal mehr an mich selber.«

»Bedenken Sie, daß Sie ziemlich übermüdet sind.«

»Professor, das liegt wirklich nicht an meiner Müdigkeit.« Vielleicht war er ja Experte in den meisten Dingen, aber nicht, wenn es um sie ging. »Das hat schon vor Jahren in Schottland angefangen, und hier kommt es jetzt zum Ende. Ich bin ein Mensch ohne Glauben. Es ist vorbei mit mir. Das war's.« Mrs. Brindle war die einzige ihr bekannte Expertin auf dem Gebiet *Mrs. Brindle.* Eine Spezialistin geradezu.

Gluck schüttelte sacht den Kopf und griff mit einer Hand an seinen Pony. Ein paar abgeschnittene Haare fielen auf die Tischdecke. Einen Augenblick lang begriff sie nicht wieso; dann sah sie es. »Sie haben sich die Haare schneiden lassen.«

»Ja. Vor ungefähr fünf Stunden. Und seit beinahe einer Stunde sitze ich jetzt schon mit Ihnen hier.« Er versuchte, beleidigt zu klingen, und es gelang ihm ganz gut.

»Na gut. Ich war unaufmerksam. Es tut mir leid. Aber ich bin hierhergekommen, um ein ernsthaftes Gespräch zu führen, und jetzt habe ich schon drei verschiedene Gänge angestarrt, weil ich keinen Appetit habe und weil ... weil ich, ehrlich gesagt, nervös bin –«

»Was Sie nicht sagen.«

Sie wollte ihm dafür eigentlich einen abweisenden Blick zuwerfen, brachte es jedoch nicht fertig. Er lächelte sanft, und nun konnte sie ihn gar nicht mehr ansehen. »Ja, gut. Ich weiß, das Sie das wissen. Aber seit einer Stunde tun wir nichts anderes, als über die Leute zu reden, die Ihnen bei der Konferenz auf die Nerven gehen, und über Ihre Lieblingsautomarke und über *nichts.* Und jetzt wollen Sie auch noch über Ihr Haar reden?«

»Ich habe es mir schneiden lassen.«

»Weiß ich, deshalb ist es jetzt kürzer.«

»Es hat Ihnen lang nicht gefallen, deshalb habe ich es schneiden lassen.«

Das war doch Unsinn. Da saß Gluck vor ihr, sein Kopf schien irgendwie größer zu sein, als brauchten die vielen Gedanken mehr Platz, und das Grau seiner Haare stach noch deutlicher hervor. Sie wäre gern sehr wütend auf ihn gewesen, aber irgendwie konnte sie kein Wort richtig herausbringen, und auch Gluck war seltsam vorsichtig, beinah verkrampft. Schließlich blieb ihr nichts übrig als die Wahrheit.

»Herr Professor, ich weiß nicht, was hier vorgeht.«

»Kein Grund zur Aufregung, nichts Außergewöhnliches. Ich wollte nur etwas tun, was Ihnen gefällt, damit Sie sich entspannen. So etwas.« Er hüstelte und murmelte dann, »Ist mir offensichtlich nicht gelungen. Aber das ist alles, was ich wollte. Small talk und so. Mache ich auch nicht so oft – arbeite zuviel.« Er räusperte sich noch einmal, diesmal entschiedener. »Mit meinen Haaren ist es eigentlich genauso. Ich schneide sie normalerweise selbst vor dem Spiegel, um Zeit zu sparen. Wie es aussieht, ist mir eigentlich egal – ich muß mich ja nicht anschauen. Also mache ich die Haare naß, klebe sie mit Tesafilm fest, damit sie glatt liegen, und schneide ein bißchen ab. Das reicht mir. Oder hat mir gereicht.«

»Das ist doch albern.« Doch trotz der Albernheit fühlte sie sich angezogen.

»Ist es nicht.« Gluck klang ein klein wenig verletzt. »Ich mache es eben so. Und ich habe es gern lang getragen, weil ich wußte, daß es grau wird, wie Sie sehen; oder schon eher weiß. Ich habe auch dran gedacht, mir die Koteletten abzurasieren, wo sie grau werden.« Er drehte den Kopf, damit sie es sehen konnte, und schabte mit dem Daumen über die Stoppeln. »Aber das kann ja nicht ewig so weitergehen. Am Ende hätte ich einen Trampelpfad quer über den Schädel, und das würde mir gar nicht gefallen. Ich bin eitel.«

Das klang, als würde er seine Nationalität angeben und keine schlechte Eigenschaft. Glucks Eitelkeit war ein Teil von Gluck und konnte daher keine Schwäche sein.

»Professor, Sie müssen keinen Small talk mit mir treiben oder mir beim Entspannen helfen.« Über sein Gesicht schien ein Schatten der Verwunderung oder Sorge zu ziehen, aber sie redete trotzdem weiter. »Ich entspanne mich nicht mehr. Ich erwarte es auch gar nicht mehr. Sagen Sie mir einfach, ob Sie mir helfen können.«

Er tippte mit dem Finger an sein Glas und beobachtete, wie die rote Oberfläche des Weins erzitterte und wieder zu Ruhe kam. »Ich weiß es nicht.«

Sie hatte versucht, auf eine schmerzhafte Antwort vorbereitet zu sein, aber seine Worte taten dennoch weh. Ihre Eindeutigkeit ließ keinen Spalt Hoffnung. Anscheinend merkte er, daß sie noch etwas brauchte, und sprach weiter. »Ich *wüßte* es gern. Und ich würde gern helfen. Sehr gern. Ich fühle mit Ihnen. Aber ich weiß es nicht. Und jetzt müssen wir gehen.« Er klopfte suchend auf seine Jackentaschen und sah sich nach dem Kellner um; Edward E. Gluck, ein Mann, der Restaurants und Bedienung gewohnt war.

Mrs. Brindle starrte auf ihre Kuchengabel und versuchte zu begreifen, daß dies nun alle Zeit war, die sie bekommen würde, Schluß und aus. Sie würde in die Dunkelheit ihres Hotelzimmers zurückkehren müssen, in die Nacht, die draußen schon auf sie wartete. Dabei hatte sie sich schon an Gluck und sein forderndes Denken gewöhnt. Es war nicht fair, daß er sie jetzt so schnell wieder so allein lassen wollte.

»Nein –«

»Mrs. Brindle?«

Sie suchte nach etwas, was sie ihm sagen konnte, wo sie nun einmal angefangen hatte, doch die wohlbekannte allgemeine Traurigkeit wischte all ihre Worte fort. Was hatte es überhaupt für einen Sinn?

Aber damit er es verstand – um wenigstens zu versuchen, sich verständlich zu machen –, nahm sie eine seiner Hände – braun, gesund, warm, schwer – und drückte seine Finger auf das Innere ihres Handgelenks. Ihr Puls überschlug sich unter seinem Griff, er pochte dunkel und heftig, nur ihre Haut trennte ihn von ihrer Angst.

Gluck zuckte zusammen, ließ aber nicht los. »Was ist los? Was fehlt Ihnen?« Seine Stimme war leise und nah. »Mrs. Brindle?«

»Das ist es. Fühlen Sie das?« Sein Gesicht sagte ja. »Ich habe Angst. Das ist mit mir los. Das ist ständig mit mir los. Ich habe Angst.«

Er umfaßte vorsichtig ihre Hand, ihre ganze Hand, und hielt sie fest, als könnte sie plötzlich gegen ihrer beider Willen fortgerissen werden.

»Mrs. Brindle, Sie müssen keine Angst haben. Es wird Ihnen nichts geschehen. Wir gehen, weil ich mit Ihnen woanders hinwill – wo ich nachdenken kann und Sie abgelenkt werden. Es wird nichts Schlimmes passieren. Verstehen Sie das?«

»Natürlich nicht.«

»Hören Sie zu.« Der Kellner, der schon am Tisch stand, übersah höflich, wie sich ihre Hände aneinander klammerten. »Sie sagen, Sie haben alles verloren. Es kann also nicht viel schlimmer werden, oder?«

Gluck reichte dem Kellner seine Kreditkarte und sah Mrs. Brindle dabei fest ins Gesicht. Der Kellner schritt davon. »Wir sind jetzt hier, in diesem Augenblick, und alles ist, wie es sein sollte. Wir verfügen beide über ein Bewußtsein, mit dem wir jede mögliche Welt wahrnehmen und verändern können – es wird alles gut werden.«

Daß Gluck einem das Selbstbewußtsein stärken konnte, hätte sie nicht vermutet, aber als er sie zum Taxi führte, fühlte sie sich schon beinahe so etwas wie sicher. Mrs. Brindle wollte nicht, daß es Gluck als Mann war, der ihr Sicherheit gab – das fand sie einen erschreckenden Gedanken –, sie wollte vielmehr von seinem Denken, von seinen Ratschlägen bestärkt werden. Andererseits war ihr jede Hilfe willkommen, und wenn sie sich erleichtert fühlte, dann war es immerhin ihr eigenes Gefühl, also würde sie es hinnehmen und sich daran freuen, egal, wer oder was es hervorgerufen hatte.

Gluck setzte sich im Taxi weit von ihr weg und drängte sich unbequem in die Ecke. »Die Fahrt wird nicht lange dauern. Wir müssen uns also nicht unterhalten. Es sei denn, Sie wollen sich unterhalten. Was denken Sie?«

Mrs. Brindle wollte eigentlich nicht denken. Nachts denken war gefährlich.

Er griff zielsicher nach ihrem Handgelenk und fühlte ruhig und distanziert ihren Puls. »Jetzt haben Sie nicht mehr soviel Angst.«

Er *hielt* ihre Hand ja nicht wirklich. Wäre es anders gewesen, hätte sie ihm schon gesagt, er solle das lassen. Er fühlte nur ihren Puls, das war etwas anderes, etwas Wissenschaftliches. Dennoch fühlte sie ein leichtes Unwohlsein: ein warnender Schauer im Nacken.

Gluck berührte sie weiter, redete weiter, »Nicht daß ich irgend etwas erkennen könnte, außer, daß Ihr Herz langsamer schlägt. Ich bin froh, daß ich nicht so ein Doktor bin.« Er entließ sie aus seinem Griff.

»Mögen Sie Menschen nicht anfassen?«

»Oh, das kann man, glaube ich, nicht sagen, nein. Aber ich wäre einfach nicht besonders gut darin – Diagnose und so. Sagen Sie mir also einfach, wie Sie sich fühlen, dann muß ich nicht raten.« Die Lichtstreifen und Neonblitze von draußen erweckten den Eindruck, daß er sich ständig näherte und wieder zurückzog. »Mrs. Brindle?«

»Das Gefühl verschwindet nicht, es legt sich höchstens schlafen, und deswegen bleibe ich wach. So stelle ich es mir jedenfalls vor. Wenn mein Tagwerk getan ist, wenn es dunkel wird, wacht dieses Ding auf und stürzt sich auf mich. Es weiß immer, wo ich bin.«

»Was ist das denn für ein Ding, das aufwacht?«

»Sind Sie jemals von jemandem verlassen worden, der Ihnen wirklich wichtig war?«

»Ja.« Er antwortete, ohne zu zögern, als sei es ihr gutes Recht, das zu erfahren. »Meine Mutter. Sie starb, während ich zum Studieren in Amerika war. Ich war zweiundzwanzig. Bis zu jenem Herbst waren wir nie länger als ein paar Stunden getrennt gewesen. Ich will Sie nicht langweilen: Sie hatte sich schon vor ihrer Scheidung um mich gekümmert. Mein Vater nicht … ich war einfach zu groß für seinen Geschmack. Ich fiel immer auf, ärgerte ihn, er wollte mich immer zu Boden schlagen. Und sie hat mich gerettet. Immer. Als die beiden sich trennten, arbeitete sie sehr hart und schämte sich sehr dafür, damit ich eine gute Erziehung bekam und sie stolz auf mich sein konnte – natürlich nur aus sicherer Entfernung. Blutgerinnsel im Hirn. Daran ist sie gestorben.«

»Es tut mir leid.« Das klang völlig unangemessen, obwohl es stimmte.

»Leid? Oh ja, tat es mir auch, aber man gewöhnt sich an alles. Wen haben Sie verloren?«

»Gott.«

»Keinen Menschen?« Er verstand es nicht.

Aber sie konnte versuchen, sich ihm verständlich zu machen. »Mehr als einen Menschen. Jemand, der Alles war, *in* allem. Es gab nichts auf der Welt, worin ich Ihn nicht finden und berühren konnte. Alles Erschaffene – ich konnte sehen und riechen, daß es *tatsächlich* erschaffen worden war. Ich konnte schmecken, was Er berührt hatte. So groß war Seine Liebe. Können Sie sich vorstellen, was passiert, wenn eine so große Liebe einen ohne vorstellbaren Grund verläßt? Eines Morgens sehen Sie aus dem Fenster und begreifen den Himmel nicht mehr. Das ist wie Sterben. Aber das kann es nicht sein, denn Sterben ist das, was man sich dann wünscht, aber nicht bekommt.«

Das klang so melodramatisch, daß sie sich sofort wünschte, er würde es so verstehen, wie es gemeint war – eine nüchterne Tatsache, an die sie sich gewöhnt hatte, und keine hysterische weibliche Drohung.

Statt eines Kommentars legte er seine Hand auf dem Rücksitz neben ihre und drückte seine Fingerknöchel gegen ihre, mit sanft wechselndem Druck, den sie nicht als aufdringlich empfinden konnte.

»Mrs. Brindle?« Sie hatte ihre Finger entspannt an seine gelegt, damit ihre Berührung nicht bedeutungsvoller wurde, als sie sollte. »Mrs. Brindle, ich würde Sie lieber nicht mehr Mrs. Brindle nennen. Ich würde mich freuen, wenn ich für Sie Edward sein könnte. Würden Sie auch gern etwas anderes für mich sein? Etwas anderes als Mrs. Brindle?«

»Helen.«

»Ist das Ihr Vorname?«

»Nein, den habe ich mir gerade ausgedacht. Natürlich ist das mein Vorname. Helen. Ich habe immer Helen geheißen.«

»Aber nicht immer Mrs. Brindle?«

»Mein Mädchenname war Howard. Helen Howard. Zu viele Hs für einen Menschen, finde ich.«

»Also gab es einen Mr. Brindle?«

»Gibt es immer noch.«

»Oh.«

Helen wurde klar, daß sie Mr. Brindle bisher nicht erwähnt hatte, weil sie einfach seit einigen Tagen nicht an ihn gedacht hatte. Sie hatte ihn vergessen und es gar nicht bemerkt. Erstaunlich. »Er ist zu Hause. Wollte nicht mitkommen. Aber, ja, er ist zu Hause.«

»Warum kann er Ihnen nicht …«

»Warum kann er nicht was?«

Gluck rieb ihren Handrücken und zog dann seine Hand

weg, um in einer Kurve die Balance zu halten. Er hielt sich die Finger an den Mund. Ohne daß sie es wollte, wurde ihr klar, daß er den Duft ihrer Haut einsog, während er über das nachdachte, was er nicht sagen konnte.

»Was? Warum kann er nicht was?«

»Das geht mich nichts an.«

»Das macht nichts.«

»Nun ... ich will Ihnen nicht zu nahe treten, aber es erstaunt mich doch, daß er Ihnen bei Ihrem ... Ihrem Problem nicht helfen kann. Versucht er es? Weiß er, wie nahe es Ihnen geht?«

»Nicht immer. Ich wüßte auch nicht, warum. Wenn ich es nicht will. Er ist, hm ... er arbeitet, er hat viel zu tun, und er ist nicht, wie soll ich sagen, religiös. Er fand es nicht gut, daß ich es war. Aber wie es mir jetzt geht – mein Problem –, das ist nicht seine Schuld. Es ist nicht seine Schuld.« Sie fand es ganz korrekt, das zu sagen – sie wollte ihn nicht verteidigen.

»Vielleicht wäre es aber doch besser, wenn Sie beide sich ähnlicher wären.« Gluck hustete und rieb seinen Hals.

»Vielleicht. Sind wir aber nicht. Wäre und hätte nützt niemandem.«

Helen war sicher, hier im Taxi einen Hauch von Mr. Brindle zu riechen oder zu erahnen: beinahe beißend und viel zu vertraut.

»Das ist schlimm.«

»Nein, ist es nicht.« Helen wußte, das sie das Gluck besser nicht sagen sollte. »Das ist nicht schlimm. Ich sage Ihnen, was schlimm ist ... aber es klingt ziemlich dumm.«

»Bestimmt nicht.«

»Es ist dumm. Es ist das Dümmste überhaupt, aber ich empfinde nun mal so, immer schon. Ich kann seine Haare nicht ausstehen. Nicht die auf seinem Kopf – seine ganzen Haare. Er ist so behaart. Es hört gar nicht auf. Vom Hinterkopf den Nacken hinunter bleibt es einfach gleich dicht, das heißt, eigentlich wird es noch dichter und kraus, wie Wolle, wie schwarze Wolle. Ich kann es durch sein Hemd fühlen, als hätte er noch etwas drunter. Wenn er schwitzt, bleibt das im Haar hängen. Ich stelle mir vor, wie der Schweiß durch sein Haar läuft und klebt, und dann kommt er mir schmutzig vor. Ich glaube nicht, daß Mr. Brindle sauber ist. Wenn er duscht, dann kämmt das Wasser die Haare glatt, aber das macht es nur schlimmer: Dann sieht es aus wie ein Fell. Tiere haben Fell. Menschen haben kein Fell. Oder?«

»Ich ... manche Männer ... ich habe ... kein Fell. Nur das Übliche. Nicht, daß das ... wichtig wäre. Kein Fell, nein.«

»Manchmal bekomme ich Panik, wenn er mich anfassen will.« Edward hatte sich zum Fenster und von ihr abgewandt. »Das macht mir aber nichts aus. Das erste Mal, als ich ... als ich ein sexuelles ... ich wollte sagen, Angst scheint gut für mich zu sein, in der Beziehung jedenfalls. Es schärft die Wahrnehmung, verstärkt die Empfindung – wohl wegen des Adrenalins. Entschuldigung, das alles tut jetzt gar nichts zur Sache.« Sie atmete tief und fühlte sich seltsam beschwingt, fast schwindelig.

»Ich finde schon, daß das etwas mit Ihnen zu tun hat und wichtig ist.«

»Ja, aber wenn ich normal funktionieren würde, machte mir das nichts aus. Dann wäre er mein Ehemann, und es wäre in Ordnung.«

»Ich verstehe. Ich glaube, ich verstehe. Wir sind übrigens da.«

Helen bemerkte, daß der Wagen angehalten hatte.

Sie betraten ein anscheinend verfallenes Lagerhaus, und Edward umkreiste sie, immer nah bei ihr, ohne sie zu berühren, öffnete Türen und bahnte einen Weg durch die gesittete Menge, die drinnen wartete. Er isolierte sie. Ihr war nicht klar, wer hier gefährlich war und wer geschützt werden mußte, aber sie hielt sich doch dicht bei Gluck, als wäre sie tatsächlich fehlerhaft verkabelt, ein Sicherheitsrisiko.

Der winzige Zuschauerraum füllte und bewegte sich hinter ihr, während sie sich von Gluck nach vorne leiten ließ. Irgendwo begann eine Nebelmaschine begeistert zu zischen und Rauch zu spucken.

»Hier.« Edward schob sich seitwärts durch die Sitzreihen und setzte sich neben sie. Ihr fiel wieder auf, daß öffentliche Veranstaltungsorte offensichtlich nie für Männer seiner Größe gebaut wurden.

»Was ist das hier?«

»Noch gar nichts.« Gluck lächelte kurz, riß sich dann zusammen. »Aber *gleich* wird es Moderner Tanz. Das hilft mir immer beim Denken. Ich habe nicht die leiseste Ahnung, wieso, und nicht das geringste Interesse, es herauszufinden. Ich lasse mich einfach treiben und schaue zu. Nachdem wir uns zum ersten Mal unterhalten hatten, habe ich die Karten vorbestellt.«

»Moderner Tanz.«

»Das ist genau das, was wir jetzt brauchen. Aus Finnland, wie es aussieht.«

»Moderner finnischer Tanz.«

»Eine gute Ablenkung. Und es hilft mir wirklich, einen klaren Kopf zu bekommen. Ich mache das oft. Wie geht es Ihnen? Drücken Sie sich präzise aus.«

»Ich –« Sie überlegte und prüfte einen Moment. »Ganz gut. Ich fühle mich ganz gut.«

»Schön. Wissen Sie, Menschen fühlen sich nicht *andauernd* schlecht. Nicht immer. Sie schauen nur nicht genau hin, wie sie sich fühlen. Wenn wir uns unserer selbst nicht bewußt sind, fühlen wir uns erleichtert. Aber wir bemerken es nicht, weil wir uns dessen ja nicht bewußt sind.«

Ein heftiger elektronischer Akkord vibrierte durch ihre Sitze und langen Beine und ließ den Nebel erzittern.

Edward beugte sich wissend zu ihr hinüber: »Ah, jetzt geht's los. Die Musik ist normalerweise ein sicherer Hinweis.« Er schob seine Beine unter den Sitz vor ihm und ließ das Kinn auf die Brust sinken. Helen sah ein Grüppchen schlanker junger Frauen von der Seite auf die Bühne kommen, einander umkreisen und dann stillstehen. Sie erzitterten gemeinsam. Standen dann wieder still. Der Nebel um sie herum wurde dichter. In der ersten Reihe begann ein Mann zu husten.

Achtunddreißig Minuten lang spürte Helen, wie Edward atmete, und bemühte sich, dem rhythmisch wechselnden Druck an der Schulter, wo eine Berührung unvermeidlich war, nichts zu entgegnen. Die Synthesizer-Musik pochte an ihre Rippen oder zog in den Zähnen, und die sieben Frauen auf der Bühne zuckten aufeinander zu und voneinander weg. Helen war schon bald dankbar für den Nebel, der sie teilweise verhüllte, wenn er auch unerwünschte Nebenwirkungen hatte. Helen wußte nicht, ob Edward das Schauspiel genoß. Sie merkte nur, daß er versuchte, nicht an dem chemischen Nebel zu ersticken.

Grüne Scheinwerfer zerschnitten den Dunst, und eine Tänzerin nach der anderen zupfte an den Bandagen, die sie bisher eingehüllt hatten. Bevor das Licht am Schluß erlosch, mußte offenbar das letzte Paar Brüste entblößt sein. Helen spürte, wie es ihr unterm Kinn kribbelte. Die Nacktheit an sich machte ihr nichts aus, die war kaum anstößig. Aber daß diese halbnackten Frauen jetzt herumliefen, während sie hier mit Edward saß, das störte sie. Das brachte sie in eine komische Lage.

»Gehen wir. Pause.« Edward nieste. »Entschuldigung. Dieser Qualm.« Dann grinste er.

Helen wartete auf Edwards Rückkehr von der Bar, während sich um sie herum die Leute auf Deutsch unterhielten. Natürlich konnte er sie wegen seiner Größe quer durch den Raum ausmachen. Er versuchte, in ihre Augen zu schauen, doch das konnte sie nicht zulassen.

»Bitte sehr.«

Sie nahm das feucht beschlagene Glas, ohne seine Hand zu berühren. »Danke. Jetzt ist also Pause.«

»Ja. Aber zwei Teile kommen noch …« Er lachte ganz plötzlich, als hätte man das Geräusch durch ihn hindurchgeschickt. Sein Kopf neigte sich nach hinten und zur Seite, und seine Beine verloren den sicheren Stand. Er schien durcheinander zu sein und wirkte dabei seltsam jung. »Es tut mir so leid. Sie finden es furchtbar, oder?«

»Nun –«

»Natürlich. Es war auch absoluter Müll; so schlecht, daß es schon wieder faszinierend war. Das mag ich so an schlechtem Tanz: total sinn- und bedeutungslos, und man kann wunderbar dabei nachdenken.« Er suchte in ihrem Gesicht nach Hinweisen, wie schlecht gelaunt sie war, und bemühte sich, ihr nach dem Mund zu reden. Zu sehr. »Und das hier war ein perfektes Beispiel. Nicht ein positiver Aspekt an der Aufführung. Schlechte Musik, schlechter Tanz und, leider Gottes, schlechter Nebel.«

»Aber interessante Themen.«

»Hm?« Sie hatte ihn verwirrt. Sie hatte seine Rede unterbrochen.

»Die Themen – Verdauungsstörungen und Elektroschocks. So sah es jedenfalls aus.« Er krümmte sich und lachte wieder ganz plötzlich. Sie hatte ihn zum Lachen gebracht. Sie mochte es, wenn er lachte. »Die sind aus Finnland? Sieben Tänzerinnen mit Bandagen?«

»Mhm.« Er wischte sich die Augen.

»Wissen Sie, wie sie eigentlich heißen müßten?« Das letzte Wort war schon ein gepreßtes Quietschen, aber sie durfte noch nicht lachen, denn dann konnte sie nicht mehr weitersprechen.

»Wie?«

»Die Sieben tanzenden Lappen.«

Edward prustete und wimmerte dann leise und schüttelte dabei heftig den Kopf, und sie konnte auch nicht anders. Er klopfte ihr auf die Schulter und krümmte sich dann wieder. Die anderen Tanzliebhaber rückten verständnislos von ihnen ab.

Edward lehnte sich einen langen Augenblick auf ihren Arm. »Das ist ja schrecklich. Der schlimmste Kalauer, den ich seit Jahren gehört habe. O Gott, ich kriege keine Luft mehr.« Er unterdrückte ein Kichern. »Ich nehme an, wir verzichten auf die Teile zwei und drei.«

»Es sei denn, Sie wollen mit ansehen, wie ich mir vor Verzweiflung den Arm abkaue.«

»Um Himmels willen. Vielleicht müßten wir uns noch mehr Brüste anschauen. Es waren eindeutig zu viele Brüste.«

Ihre Antwort kam zu schnell. »Die übliche Anzahl.«

»Was, jede zwei? Ja, schon, aber vierzehn insgesamt, und alle zusammen, und mit Lappen ... das bin ich nicht gewohnt.« Er betrachtete nachdenklich den Fußboden. »War Ihnen das ...«

»Unangenehm? Nein. Überhaupt nicht.«

»Gut. Das wäre mir auch nicht recht gewesen.«

Als sich die Bar geleert hatte, fanden sie zwei Sitzplätze, und Edward bot an, noch einen Drink zu besorgen.

»Diesmal nur ein Mineralwasser.«

»Ja, ich verstehe.« Er schaute zufrieden auf sie herab. »Wir wollen uns nicht gehenlassen. Klaren Kopf behalten.« Und dann, als er sich schon weggedreht hatte, »Schön, Sie lachen zu sehen.«

»Hm?«

»Dauert nur einen Moment. Setzen Sie sich doch.«

Als er zurückkam und sich in dem inzwischen stillen Raum neben sie setzte, begann er wieder – ohne Hindernisse und Zwänge –, sich in seinem eigenen Rhythmus zu bewegen. Seine Gesten wurden flüssiger, eleganter.

»Wissen Sie, wie groß ich bin, Helen?«

»Nein. Ich nehme an, ziemlich groß ...«

»Ziemlich. Einen Meter und sechsundneunzig Zentimeter. Die letzten sechs Zentimeter mögen vielleicht nicht jedem auffallen, aber mein Erscheinungsbild an sich läßt sich kaum bedeckt halten. Helen, ich kann meinen Geist verändern, ich kann mein Inneres in jede gewünschte Form bringen. Ich habe die Feldtheorie der Quantenphysik – ihre Baupläne für das Universum, für Materie und Zeit – auf das menschliche Gehirn zurückübertragen, das diese Theorie einmal entwickelt hat. Ich habe mich selbst gelehrt, die Antwort zu wissen und die passende Frage entstehen zu lassen. Ich habe mich in ein Genie verwandelt. Aber ich kann mich nicht kleiner machen, als ich bin. Das hat mich früher furchtbar geärgert.«

»Sie sehen gut aus, groß wie Sie sind.«

»Ich habe ja keine Wahl. Trotzdem danke.« Er rieb seinen Nacken. »Und ich habe mich inzwischen auch daran gewöhnt. In der Schule war ich größer als meine Lehrer. An der Universität ragte ich immer aus der Menge. Ich fiel auf. Mein Gott, ich *mußte* einfach ein Genie werden, damit ich mir nicht immer Sprüche über meine Größe anhören mußte. Aber wissen Sie, was ich eigentlich wollte? Hm?«

»Nein.«

»Gut sein.«

»Gut?«

»Tun Sie nicht so überrascht – ich hätte es schaffen können. Irgendwann. Ich wollte ein guter Mensch sein – so wie James Stewart. Sie wissen schon – James Stewart? Ich glaube, ich habe fast alle seine Filme gesehen, vielleicht sogar alle. Sogar den mit Lassie.

Niemandem ist aufgefallen, daß er lang und dünn war. Sie haben Destry nicht auf der Main Street hinterhergeschaut, in *Der große Bluff*, und so was gesagt wie, ›Junge, Junge, so ein langer Lulatsch, nicht? Spindelig. Und auch ein bißchen unbeholfen.‹ Nein, statt dessen sagten sie alle, ›Was für ein netter Mensch.‹ ›Was für ein guter Mann.‹ Das war er nämlich auch.

Die Leute liebten Jimmy. Ich auch. Immer noch. Vor allem als George Bailey in *Ist das Leben nicht schön*? Der gute alte George. Und *Oooh, die gute alte Building&Loan.*« Er überraschte sie mit einem erstaunlich ähnlichen knarrend gedehnten Amerikanisch und konnte sich ein Grinsen nicht verkneifen.

»Das ist die einzige Stimme, die ich nachmachen kann – ich habe jahrelang geübt. Mit dieser Figur Bailey muß man sich einfach identifizieren, wie immer bei Jimmy. Man möchte, daß ihm nur schöne Dinge passieren, man wünscht ihm nichts als Glück. Wenn er am Ende ist, bleibt man an seiner Seite, weil er vielleicht Gesellschaft braucht, und wenn es ihm wieder besser geht, dann freut man sich, weil er einem das Gefühl gibt, großzügig zu sein, und man möchte beinahe glauben, daß er *tatsächlich* einen Schutzengel hat, der ihn vorm Selbstmord bewahrt, und vielleicht sieht der uns ja auch mal. Jimmy ist etwas Besonderes.«

Edward strahlte hemmungslos.

»Man bleibt in dieser Geschichte bis zum Ende bei ihm, und alles ist gut – sogar das Schlechte. Selbst wenn er Fehler macht, sind das gute Fehler, und er kann alles wieder in Ordnung bringen.

Ich frage mich manchmal – wenn ich nicht aufpasse –, wie gut ich wohl dastehen würde, wenn mein Schutzengel mich in eine von Jimmys Figuren stecken würde. Bestimmt könnte ich da nicht mithalten. Ich bin nicht gut – bloß groß.«

Er wollte ihr ein Kompliment entlocken, und Helen fand, eines sei nicht zuviel. »Sie waren gut zu mir.«

Edward schüttelte ernst den Kopf. »Gilt nicht.«

»Warum nicht?«

»Weil ich das selbst wollte.«

Sie stupste seinen Arm und merkte, daß sie gleichzeitig lächelte und die Stirn runzelte, ohne daß es sich widersprach. »Na gut, dann ist es Ihre Arbeit, die Gutes tut. Wenn Menschen Ihren Prozeß anwenden, müssen sie nicht in eine Anstalt gesperrt oder ständig unter Drogen gesetzt werden. Sie helfen Menschen, glücklich zu sein. Und Sie haben sich geweigert, für's Militär zu arbeiten.«

»Sie haben sich gut informiert.«

»Nur hier und da.«

»Schon in Ordnung, das kann Ihnen niemand verwehren.« Er gestattete sich ein eigenartiges, stilles Lächeln. »Und Sie haben recht, ich konnte nicht für die Armee arbeiten. Aber kein geistig gesunder Mensch könnte das. Mein Gott, Sie können sich nicht vorstellen, was die von mir verlangt haben. Ich meine, unsere finnischen Freunde da drinnen hätten denen bestimmt gefallen – ohrenbetäubender Lärm, chemische Dämpfe, ein abgeschlossener weißer Raum mit einschüchternden Gestalten –, genau das Richtige, um einen ein bißchen weichzuklopfen, bevor man ihnen sein Leben überschreibt.

Aber ernsthaft – sie würden nichts unversucht lassen. Weil sie wissen, daß ihr größter Feind in ihren eigenen Köpfen sitzt. Da stehen wir alle vor dem gleichen Rätsel – nur daß manche von uns Entdecker sind, andere Bombenwerfer, und einige mit Grund und Boden spekulieren, der ihnen gar nicht gehört.«

»Sie sind Entdecker.«

»Ja. Aber nicht, weil ich ein guter Mensch bin – nur, weil es das Schönste ist, was man tun kann.«

Ihre Hände lagen schon locker zwischen ihren Gläsern, und sie konnten ganz leicht zueinanderfinden und sich festhalten, Hand auf Hand auf Hand auf Hand, und Helen hörte eine Alarmglocke schrillen, ein Stock, der an einem Metallzaun entlangrattert. Aus großer Ferne sah ihr ihre Alte Liebe zu, ihr Schöpfer. Sie sah auf ihre Finger, die neben Edwards klein und blaß wirkten.

»Edward, das soll jetzt nichts heißen. Es ist wirkl…«

Er nickte, bevor sie ausgeredet hatte. »Ich weiß.« Er hob ihre Hände empor. »Ich will damit auch nichts sagen.« Er zog sie hoch und führte sie vom Tisch weg, bis sie gerade stehen konnten. Ihre Hände hatten sich nun zwischen ihnen verschränkt. »Natürlich nicht.«

Helen erforschte ihre Gedanken und war fast sicher, daß dort nur Konzentration, Erinnerung und die Gegenwart eines offenen, hoffnungsvollen Geistes zu finden waren. Trotz seiner Worte war er ein guter Mann, und er würde ihr eine Antwort geben, das war alles. Zuerst das Vertrauen der gegenseitigen Berührung, diese Entspannung, und dann die Antwort, wenn sie auch wirklich zuhören konnte. Das war doch alles absolut vernünftig.

»Ich wollte nur eins klarstellen«, er löste ihre Hände voneinander, schob sich zwischen sie und faßte sie an den Schultern, »Sie sind ein sehr guter Mensch, und da drinnen«, jetzt beugte er sich vorsichtig nach vorn, »hier drinnen«, er küßte sie auf die Stirn, eine kurze Entladung statischer Energie, »hier drinnen haben Sie alles, was Sie zur Genesung brauchen. In diesem Bruchteil eines Sekundenbruchteils haben Sie das alles. Und das ist die Wahrheit und nicht bloß Wunschdenken.

Nicht daß ich etwas gegen…«

Helen fühlte ein leichtes Unwohlsein in den Armen, eine unbestimmte Ahnung, daß die Dinge anders sein sollten, als sie waren,

»Wunschdenken ...«
und zog ihn an sich.

»... hätte.«

Ein Knopf seines Hemdes drückte in ihre Wange, und sie spürte seine sanfte Hitze. »Ich mag Wunschdenken sogar sehr. Hallo da unten.« Sie spürte, wie seine Stimme durch ihn hindurch vibrierte.

»Hallo. Tut mir leid.«

»Muß es nicht. Hast du wieder Angst?«

»Nein. Ich glaube nicht.« Und ihr Herz sprang ihr im Leib, unerwartet und unmoralisch.

»Gut.«

Als die Zuschauer wieder aus dem Saal tröpfelten, trennten sie sich schnell voneinander und standen dann etwas unsicher herum, konnten sich nicht wieder an den Abstand gewöhnen. Helen fand, sie sollten sich unterhalten, aber sie taten es nicht.

Im dunklen, schwankenden Inneren eines Taxis war es Helen durchaus bewußt, daß sie in ihr Hotel zurückkehrte, aber sie schien dieser Ankunft und dem weiteren Verlauf der Dinge gefaßt entgegensehen zu können. Der Gedanke an ihr Leben, das da draußen auf sie wartete, war nicht mehr unerträglich. Sie versuchte sich vorzustellen, wie sie in ihrem Zimmer das Licht löschte und das Nichts, das ihr weh tun konnte, in ihr Denken fallen zu lassen, aber sie mochte nicht glauben, daß ihre Zukunft so aussehen sollte.

Edward berührte ihre Schulter. »Alles in Ordnung?«

»Mm hm.«

»Mir hat der Abend übrigens sehr gefallen. Vielen Dank. Ich mache so was nicht allzuoft. Mich unter Leute mischen.«

»Ich dachte, so was machst du andauernd.«

»Falsch gedacht. Ein Showgesicht für Showauftritte – das bin nicht ich. Wie du vielleicht bemerkt hast, bin ich manchmal gern absichtlich grob, wenn ich zu viele Hände schütteln mußte. Aber da ich nun mal so gern im Rampenlicht stehe, kann ich mich auch nicht einfach ins Private zurückziehen – ich würde mich danach verzehren.«

»Und das wäre ja furchtbar.«

»Genau, das könnte ich überhaupt nicht vertragen.« Er hüstelte höflich, und als er den Kopf wieder hob, war er ernst geworden. »Aber darüber will ich nicht mit dir reden.«

Jetzt würden sie also darüber reden. Jetzt würde er ihr helfen. Das war ihr recht, dafür war sie ja hergekommen. Den ganzen Weg nach Stuttgart, sie war nicht aufzuhalten, wie er gesagt hatte. Nun würde sie bekommen, wofür sie hier war, und das war gut so.

Sie drehte sich im Dunkeln zu seiner Silhouette. »Worüber *willst* du denn reden?«

Sie spürte seinen fordernden Blick und hielt ihm stand.

»Was willst du? Edward?«

»Was ich will? Die Dinge sagen, die ich schon lange hätte sagen sollen. Ich habe den ganzen Abend damit verbracht, dir unnützes Zeug zu erzählen. Zum Teil, um deine Gesellschaft noch länger zu genießen ...« Sein Kopf zuckte ein wenig. »Aber vor allem, weil ich nicht weiß, was ich dir erzählen soll, was am besten für dich ist. Und du solltest das Beste bekommen – jemand wie du sollte immer das Beste bekommen. Vergiß das bitte nie!«

»In Ordnung.«

»Ich kann dir nicht viel sagen.«

»Das macht nichts.« Es war leicht, im Dunkeln zuzuhören und sich keine Gedanken über ihren wechselnden Gesichtsausdruck machen zu müssen, während sie ihm zuhörte.

»Als meine Mutter starb, war ich an der UCLA in Los Angeles. Es kam ohne Vorwarnung, und ich konnte nichts tun, was mir etwas bedeutet hätte. Ich flog nach Hause und nahm pflichtschuldig an der Beerdigung teil, aber das tat ich für andere Leute, nicht für sie. Mein Vater war nicht da – er hatte etwa sieben Jahre vorher Selbstmord begangen. Er hatte Parkinson und konnte es nicht ertragen, was mit ihm geschehen würde. Heute würde ich ihm helfen können. Wenn ich es wollte.«

Diese Schärfe hatte Helen vorher nicht in seiner Stimme bemerkt.

»Als ich nach der Erledigung all meiner Trauerpflichten in die Staaten zurückreiste, war da niemand. Niemand, der auf mich wartete. Vorher war meine Mutter immer dagewesen – egal, was passierte. Die meiste Zeit mußte sie sich keine Sorgen um mich machen, aber ich konnte mich immer um Hilfe an sie wenden. Ich konnte sie anrufen und über nichts Besonderes reden, bloß hören, daß sie immer noch sie war, das reichte. Wenn ich auflegte, wußte ich, was zu tun war.

Du darfst nicht vergessen, sie hatte mir das Leben gerettet. Mehrmals. Mein Vater hätte mich umgebracht, aber sie ließ es nicht zu. Wir wissen beide, was Verlust heißt, nicht wahr?«

Ihre Anwesenheit schien schon zu seinen Gedanken zu gehören, deshalb war gar keine Antwort nötig, aber sie sagte trotzdem etwas, weil er einsam klang. »Das stimmt.«

»Ich tue dir hoffentlich nicht weh?« Seine Stimme klang besorgt.

»Nein. Nur, wenn du dir selbst weh tust.«

»Nein.« Er drehte sich etwas, um sich ihr im Dunkeln zuzuwenden. »Nach ihrem Tod war ich lange Zeit abgestumpft; ich funktionierte, aber ich war gar nicht da.« Helen nickte unwillkürlich – das Gefühl kannte sie. »Also fing ich an, im Geist mit meiner Mutter zu reden. Ich fing an, mein Leben nach ihren Wünschen auszurichten, oder nach dem, was ich dafür hielt – viel stärker, als ich es zu ihren Lebzeiten getan hatte. Ich muß zugeben, daß wir uns inzwischen voneinander getrennt haben.

Und für mich ist das ein Verlust. Aber diese Art, an sie zu denken und mir selbst damit zu helfen, steht mir immer noch offen und würde auch sicher noch wirken, denke ich.«

»Und du glaubst, ich könnte dasselbe mit Gott tun.«

»Wenn du Beweise brauchst, hast du keinen Glauben. Du hattest Beweise – Gott hat dich berührt –, das ist sehr ungewöhnlich. Jetzt tut Er es nicht mehr. Vielleicht geht es um deinen Glauben. Ist dein Gott ein *Er*?«

»Ja.«

»*Sie* würde komisch klingen? *Es*?«

»Ich weiß, daß Gott keine Person ist, aber *Er* hat mir immer am besten gepaßt.«

»Also glaubst du immer noch irgendwie an Ihn. Das ist doch ein Anfang. Nicht daß ich etwas davon verstünde.«

»Das klingt vernünftig. Ich werde es versuchen.«

»Rede nicht so!« Er griff nach ihrem Ellbogen und ließ ihn dann ebenso plötzlich wieder los.

»Wie?«

»Als wollte ich dich überreden, über glühende Kohlen zu laufen. Du bist nicht allein, hörst du?«

»Du reist morgen ab.«

Ein kurzes Schweigen fiel zwischen sie, als sie das gesagt hatte, als rückte seine Abreise schon durch ihre bloße Erwähnung näher. Sie würde ihn nicht vermissen, dafür kannte sie ihn nicht lange genug. Er würde ihr seine Worte dalassen, das, was sie wollte; wonach sie gesucht hatte. Helen konnte sich nicht erinnern, vor wie vielen Jahren sie zuletzt bekommen hatte, was sie gesucht hatte. Niemand konnte einfach in ihr Leben treten und sie völlig heilen, aber Edward hatte getan, was er konnte, und auf seinem Gebiet war das, was er konnte, das Beste.

Er streckte sich und verschränkte seine Arme. »Ja. Ja, ich reise morgen ab, aber ich höre ja nicht auf zu existieren.«

»Nein, tust du nicht.« Helen hörte sich lächerlich niedergeschlagen an, und das war nicht nett – Gluck tat, was er konnte.

»Was willst du? Soll ich dir versprechen, daß ich schreibe?«

Jetzt klang er, als fühlte er sich nicht wohl, und sie war schuld.

»Du hast meine Adresse gar nicht.«

»Sie stand als Absender auf deinem Brief. Ich bin ein Genie – ich bemerke so etwas. Hör zu ...« Sie fand ihre Hand wieder auf seiner und erkannte die Hitze und Tiefe seiner Finger. »Mm hm, noch mal hallo.« Sie lächelten beide, ohne daß sie ihre Gesichter sehen konnten. »Paß auf: Ich habe meine Mutter verletzt gesehen, körperlich verletzt von einem anderen Menschen, und das war noch nicht das Schlimmste. Wie sie sich selbst verletzte, innerlich, das konnte ich nicht ertragen. Jedes Jahr zu Weihnachten sah ich sie weinen, während ich meine Geschenke auspackte, weil sie einerseits glücklich war, daß wir zusammen waren und in Sicherheit, aber weil sie sich andererseits auch eingeredet hatte, daß nichts, was sie mir geben konnte, genug war. Meinetwegen wollte sie eine gute Ehe führen und ein gutes Familienleben haben. Sie hat sich selbst ihrer Freuden beraubt. Die ganze Zeit. So wie er es auch schon getan hatte.«

Edward rückte näher an sie heran, während seine Stimme sanfter wurde. »Man muß nicht Jung oder Freud sein, um zu begreifen, daß ich eine Frau, die ich respektiere und für die ich etwas empfinde, niemals leiden sehen möchte. Ich möchte immer helfen.«

Helen lauschte seinem Atem und versuchte sich an ihr Leben daheim zu erinnern, an die Routine ihres Alltags. Sie erschauerte, weil sie kurz an das Mißfallen von Jemand Anderem als sie selbst dachte. Edward sollte ihr nicht schreiben. Es wäre schlecht, wenn er das täte: gut, aber schlecht. Sie löste seine Finger von ihren und legte die Hände in den Schoß.

»Du mußt nicht schreiben.«

»Ich weiß. Ich muß gar nichts. Ich habe jahrzehntelang dafür gearbeitet, daß ich mir das aussuchen kann. Also tue ich, was ich will, und ich will dir schreiben. In Ordnung?«

»In Ordnung. Aber es geht nicht … ich sollte vielleicht erklären …«

Das Taxi wurde langsamer und bog in die Fußgängerzone ein, in der sich das Hotel versteckte. Die farbigen Lichter stummer Geschäftsfassaden zogen über sie hinweg.

»Oh, hast du das gesehen?« Edward schob sie auf ihre Seite des Rücksitzes.

»Was?«

»*Welt der Erotik.* Eine beliebte süddeutsche Sex-Shop-Kette. Sieht man hier überall. Entschuldigung, ich habe das Thema sehr ungeschickt gewechselt, weil wir gleich da sind. Du jedenfalls. Aber du wolltest sicher nichts über Sex-Shops wissen.«

»Vielleicht würde es mich –«

»Nein, würde es nicht. Ist es dieses?«

»Oh.« Sie erkannte den Eingang wieder. »Ja. Das ist es. Laß mich –«

»Nein. Du zahlst nichts. So hattest du einen schönen Abend und mußtest nicht hinterher dafür bezahlen. Dieses Prinzip hätten wir schon mal verankert, und das ist auch gut so. Daß du einen schönen Abend hattest, ist natürlich nur eine Vermutung.«

»Hatte ich. Vielen Dank.«

»Gut.« Er wechselte ein paar Worte auf deutsch mit dem Fahrer, der daraufhin den Motor abstellte. »Nun, Mrs. Brindle, das muß jetzt kein *Leb wohl für immer* werden.«

»Aber doch ein *Leb wohl für sehr lange Zeit.*«

»Aber das hört sich doch schon sehr nach *für immer* an, findest du nicht?«

»Darf ich dann etwas tun, was ich gerne tun möchte?«

Etwas flatterte kurz zwischen ihnen durch die Luft, ließ sie schwanken.

»Auf jeden Fall. Tun Sie, was immer Sie Schlimmes vorhaben.«

Helen tat nichts Schlimmes. Sie legte ihm die Hand an die Schulter, wegen des Gleichgewichts, und führte dann Bewegungen aus, die man in ihrer Gesamtheit als Kuß beschreiben könnte. Er lockerte seine Lippen einen Hauch und ließ sie etwas erstaunliches Weiches spüren.

Edward kratzte sich nachdenklich am Hals. »Also. Ich wollte auch etwas tun, was ich gerne tun wollte, aber nun würde ich Sie bloß wieder küssen, und ich hasse Wiederholungen. Danke.«

Er suchte nach anderen Worten und fand keine. »Gute Nacht.« Seine Augen wirkten selbst überrascht von diesem plötzlichen Schluß. Er bot seine Hand zum Schütteln, und sie nahm sie.

»Ja. Gute Nacht. Und leben Sie wohl für sehr lange Zeit.«

»Stimmt, aber ich werde es nicht sagen, weil ich Abschiede nicht mag. Also. Gute Nacht.«

Sie ließen einander los.

Helen ging durch die Hotelhalle und stieg in den schmalen Aufzug mit Metalltüren und einem runden Fenster darin. Der Aufzug hob sie in ihr Stockwerk, zu ihrem Zimmer, zu sich selbst.

Sie selbst war heute abend gar keine schlechte Gesellschaft, ganz angenehm. Sie zog ihre Sandalen und ihren Rock aus und stellte fest, daß er sehr unter der Hitze und dem Sitzen gelitten hatte. Sie fragte sich, seit wann sie wohl schon so derangiert ausgesehen haben mochte: schon zu Beginn des Abends oder erst später, als es nicht mehr so darauf ankam. Obwohl es eigentlich überhaupt nicht darauf ankam.

Sie zog ihre Bluse aus. Mehrere Spiegel, die zu ihrer Verfügung standen, sagten ihr, daß der Kontrast zwischen ihrer normalen Hautfarbe und den Körperteilen, die sie heute der Sonne ausgesetzt hatte, zu groß war. Sie sah insgesamt nicht sehr gesund aus.

Etwas aufmerksamer sah sie hin, als sie ihren BH öffnete. Ihre Brüste waren nicht die einer Tänzerin, dazu fehlte es ihnen an Disziplin, und sie waren größer. Sie waren, fand sie, wohlgerundeter. Trotz der Schwerkraft. Vielleicht nicht jedermanns Geschmack, aber das mußten sie ja auch nicht sein.

Der BH war auch schön – fand sie, eins ihrer Lieblingsstücke, wenn es so etwas gab – bei *Marks & Spencer* eingetauscht, gegen einen anderen, den ihr Mr. Brindle zum Geburtstag geschenkt hatte. Er hatte es gar nicht bemerkt.

Ihren Slip hatte sie auf dem Flughafen gekauft, weil ihr auf dem Flughafen eingefallen war, daß sie keine Slips eingepackt hatte. Wenn man lange Zeit sehr müde gewesen ist, vergißt man so etwas schon einmal – notwendige Dinge.

Als sie nackt war, starrte der Spiegel sie eine Weile an, bis sie merkte, daß sie an die Sieben tanzenden Lappen dachte und an ihr Gelächter. Der Spiegel lächelte und schaute dann weg. Um Himmels willen, hatte sie etwa den ganzen Abend so gelächelt? So wollte sie eigentlich nicht wirken. Der Spiegel begann wieder zu grinsen, es schien ihm nichts auszumachen.

Im Bett knipste sie das Licht aus, und es war kein Problem.

Es war kein Problem.

Irgendwo schloß sich leise eine Tür, aber die Stille zwischen den schwachen Geräuschen des Gebäudes beherbergte offenbar nichts Schreckliches. Kein Tod im Dunkeln. Helen fühlte sich nicht genötigt, dem Brausen ihres Blutes in ihrem Schädel zu lauschen und darauf zu warten, daß etwas Schlimmes passierte. Heute hatte sie nicht das Gefühl, die Ewigkeit käme zu ihr und zeigte ihr, wie unermeßlich sie war, und wie rasch sie in ihr verschwinden würde. Das *Für immer* würde sie nicht einsam machen, sondern an Edward erinnern und an das *Leb wohl für immer*, das zwar traurig, aber nicht erschreckend war. Tief im Innern war sie entschlossen, daß die Dunkelheit für sie von nun an nicht mehr Schrecken, sondern Schlaf bereithalten würde.

Auch Edward war kein Grund zum Erschrecken; es war nicht schlimm, daß sie jetzt nicht ins Bad ging, ihn nicht abwusch, bevor sie sich hinlegte. Edward war ein guter Einfluß, weil er es sein wollte und weil der Hauch von ihm, den sie noch an sich trug, sie gegen die Macht des Gesetzes handeln ließ. Sie erlaubte sich eine unerlaubte Kleinigkeit, und sie bemerkte, daß Jemand etwas dagegen hatte. Eine Ahnung von ihrem Gott war zurückgekehrt. Sein Mißfallen lud die Atmosphäre auf, ein greifbares Geschenk.

Vielleicht aus diesem Grund konnte sie ihre Gedanken hinter ihre Lider verbannen und fand die Sicherheit, die sie brauchte, um einzuschlafen. Sie rollte sich in der Dunkelheit zusammen, zog sie um ihren Körper und spürte eine zarte Sekunde lang, wie sie hinabglitt, wie ihr schwaches Licht langsam erlosch.

Helen taumelte und trieb durch ihr sich auflösendes Bewußtsein und trat schließlich in einen klar umrissenen Traum. Sie hatte ihn schon einmal gesehen, aber vor langer Zeit.

Über ihr wölbte sich die hohe, schmuddelige Decke der Aula ihrer alten Schule, und von überall war das Ticken der lautesten Uhr der Welt zu hören. Der aufsichtführende Lehrer schritt auf und ab. Helen hatte den Kopf gehoben und steckte in der gewohnt unbequemen Schuluniform – zu enger Rock, viel Schwarz und Blau.

Sie schrieb die Abschlußklausur in Chemie, die mit den langen Antworten, die man ausformulieren mußte. Sie hatte ihre Fragen gewählt, war mit den Themen zu Rande gekommen und zeitig fertig geworden.

Noch fünfzehn Minuten übrig. Sie registrierte vorsichtig, daß um sie herum noch Köpfe gesenkt waren, geschüttelt und mit dem Stift gekratzt wurden.

Noch zwölf Minuten, und ihre Anspannung war verflogen. Das war gar nicht so schlimm gewesen. Jetzt sollte sie sich am besten alles noch einmal anschauen, ganz entspannt, und prüfen, ob sie alles, was sie wußte, niedergeschrieben hatte. Ihre Versuchszeichnungen waren furchtbar, aber das war nicht so schlimm: Sie waren klar und verständlich, und es kam ja hier nicht auf künstlerische Fähigkeiten an.

Noch acht Minuten, und der Schlag traf sie. Ein greifbarer, hörbarer, erschütternder Schrecken, der sich aufrollte und ausdehnte und vom Schlüsselbein abwärts durch ihren Körper entfaltete, der sie kalt durchfuhr und dann die Innenseiten ihrer Schenkel schmerzhaft zusammenzog. Noch acht Minuten.

Sie wußte es mit absoluter Sicherheit. Sie hatte es falsch gemacht. Helen hatte es falsch gemacht. Sie sollte nachschauen, wie viele Fragen sie beantworten mußte und dabei keinen Fehler machen; das war schließlich auch nicht so schwer: Es stand groß oben auf dem Aufgabenzettel, jeder Idiot konnte es lesen, und eine Antwort zuviel war fast so schlimm wie eine zuwenig, sie jedoch hatte eine zuwenig, und das war das Schlimmste. Alles war gut gewesen – und nun war das Schlimmste passiert.

Im Traum verkürzte sich die Zeit genau wie in der Wirklichkeit, als sie hellwach dagesessen und gemerkt hatte, wie ihre schweißnassen Hände das Papier wellten. Sie hatte versucht, jedes Anzeichen von Hektik zu vermeiden, jedes unregelmäßige Atmen, und hatte nach einer Frage gesucht, die sie möglicherweise in viel zu kurzer Zeit beantworten konnte – irgendwas halbwegs Wahrscheinliches, vielleicht organische Chemie.

Selbst nach so vielen Jahren, die nun zwischen ihr und der

Prüfung lagen, selbst im Tiefschlaf konnte sie im Geiste noch die grauenhaften Formulierungen der Fragen 14a, 14b und so weiter bis 14e abrufen.

Ein Teil von ihr hatte sich in die Lösung des Problems verbissen, während ihre zuckenden Hände versuchten, Lesbares zu Papier zu bringen. Ein anderer Teil war mit etwas ganz anderem beschäftigt. Noch fünf Minuten, und die züngelnde Furcht in ihrem Innern hatte ihren Platz gefunden und nagelte sie fest, wie sie es noch nie erlebt hatte. Der fünfte und letzte Teilabschnitt der Frage 14 war noch unbeantwortet, als sich ihre Augen gegen ihren Willen schlossen und die Panik sie mit aller Macht durchdrang. Von den Lendenwirbeln breitete sich das Gefühl langsam aus, ein deutliches Gefühl rasanten Falls, herrlicher Entspannung, dann wieder ungeheurer Spannung, die sie ergriff, in sie hineingriff und nach etwas griff, das noch nicht in ihr war, aber bald da sein würde.

Helen versuchte, nicht zu lächeln oder die Stirn zu runzeln. Sie versuchte, sich selbst festzuhalten, während ein pressender Druck sich zwischen ihren Schenkeln bemerkbar machte, an ihr sog und verebbte und sog und verebbte und sog, bis er sie fast hinwegspülte. Fünf Minuten, drei Minuten, zwei. Ihr Kinn erzitterte sichtbar.

Und dann war ihr Atem plötzlich freier, und ihr war zwar warm, sogar heiß, aber ihre Gedanken waren seltsam leicht. Sie schrieb die letzte Antwort hin, gerade noch im Zeitlimit, lehnte sich zurück und schaute dem Mann – ihrem Chemielehrer – zu, wie er all ihre erforderlichen Leistungen einsammelte. Sie überlegte kurz, wie er wohl zu Hause sein mochte, jenseits der Schule, wo sie beide die von ihnen erwartete Arbeit ablieferten.

Er war ein Mann. Über Männer hatte sie genug gehört. Männer hatten erforderliche Orgasmen, die sie zum Samenerguß brachten und sie so Kinder zeugen ließen. Der weibliche

Orgasmus hingegen, so hatte man im Biologieunterricht vage angedeutet, war eine relativ sinnlose sexuelle Extravaganz.

Helen hatte gerade eben beschlossen, daß sie eine große Freundin sinnloser sexueller Extravaganz sei.

Sie fühlte sich sehr seltsam, als sie aus der Aula hinausging, als trüge sie ein Geheimnis mit sich herum, und ihre Chemienote interessierte sie nur am Rande.

Helens nächtliches Bewußtsein beobachtete, wie die Tür, durch die ihr jüngeres Selbst hinausging, sich sacht neigte, erzitterte und sich vor ihr zu einem kleinen Horizont entfaltete. Sie war jetzt allein auf einem sonnendurchfluteten Platz, ihr zur Seite eine Art Brunnen, und von weit her kam eine Gestalt mit gelbem Papier in der Hand auf sie zu. Helen konnte nicht erkennen, warum der Mann ihr bekannt vorkam – es gab keine deutlichen Kennzeichen –, aber sie kannte ihn. Sie erkannte ihn im Schlaf.

Helen drehte sich von der Seite auf den Rücken, eine unbewußte Hand noch auf dem Bauch. Ihr Traum beugte sich näher heran, züngelte an ihrem Ohr, hart und dunkel. Er sagte, »Schau diesen Mann nicht an. Schau ihn nicht an, es sei denn, du mußt, und manchmal *wirst* du müssen, weil er dasein wird. Dann kannst du ihn ansehen, aber du darfst keine Sekunde daran denken, daß du ihn ficken willst, ihn richtig ficken, ihn ficken, bis alle seine Knochen bloßliegen und er nicht mehr denken kann und du sein Ich weggewischt hast wie rostige Farbe. Denk nicht daran, daß du über ihn kommen willst wie die Sünde selbst. Denk nicht, daß du ihn ficken willst und ficken willst und dann noch einmal von Anfang an ficken willst. Denk nicht daran, ihn zu ficken. Wenn du an deine Wünsche denkst, wird er sie sehen können, denn die Farbe deiner Augen wird dich verraten, und was dann?

Helen wurde warm im Traum, sie begann zu lächeln, und der Mann und das Sonnenlicht auf ihm versanken und verschwammen langsam. Sie dachte an nichts, jedenfalls an nichts Böses, und glitt in einen sehr angenehmen, erholsamen Schlaf.

»Mrs. Brindle? Helen? Hallo?«

Ihre Hand hatte nach dem Hörer gegriffen, ohne vom Klingeln völlig wach zu sein.

»Mrs. Brindle?«

»Äh, ja.«

»Sie klingen verschlafen, das ist wunderbar.«

»Wer ist da?«

»Edward. Edward Gluck. Sie haben geschlafen, oder? Und ich dachte, Sie wären längst auf und sähen sich die Sehenswürdigkeiten Stuttgarts an ... ich nehme mal an, Stuttgart hat Sehenswürdigkeiten – hat Ihnen jemand von welchen erzählt? Sie haben geschlafen.«

»Ja, ich ... Professor, Edward – ich glaube, ich muß geschlafen haben.«

»Wissen Sie die Zeit?«

»Zeit?«

»Die Uhrzeit. Nein, machen Sie sich keine Mühe, ich sage sie Ihnen – zwei Uhr nachmittags.«

»Was?«

»Zwei Uhr. Fühlen Sie sich besser? Nein, Sie fühlen bestimmt noch gar nichts. Wunderbar. Sie haben geschlafen. Ich bin so froh, wirklich. Zum ersten Mal seit langem, nicht wahr? Gut. Warum ich anrufe: Ich dachte, wir könnten uns über Ihren Ernährungsplan unterhalten.« Er schien rasch einen Themenkatalog abzuhaken, den er zu erörtern wünschte. »Die Zeiten für Mahlzeiten und ihre Zusammensetzung; es gibt nicht sehr viele Veröffentlichungen über die Ernährungsregeln beim Prozeß. Ich meine, Sie werden kaum darüber gelesen haben. Also, essen Sie mit mir zu Mittag! Wie geht es Ihnen? Habe ich das schon gefragt?«

»Ich weiß nicht. Ich bin nicht – Ist es wirklich zwei Uhr?«

»Zehn nach. Sie werden bald Hunger bekommen.«

»Sie fahren heute ab. Sie haben keine Zeit.«

»Für Ihr Wohlergehen habe ich immer Zeit, Helen, man weiß nie, was sie einem geben, wenn man sie läßt. Ich treffe Sie um drei an der Rezeption, nein, um Viertel nach drei.«

»Die Rezeption hier?«

»Ja, die Rezeption hier. Ihr Hotel. Fünfzehn Uhr fünfzehn. Sie haben geschlafen. Gut gemacht. Oh, und auf Wiedersehen. Bis dann.«

Sie hielt noch einige Zeit den Hörer in der Hand und lauschte dem Freizeichen. Als sie sicher war, daß Edward wirklich angerufen hatte und daß sie wach war, begann sie sich glücklich zu fühlen. Glücklich: das erste Gefühl des Tages. Mehr konnte man wirklich nicht verlangen. Sie stand auf.

Helen stand in der Dusche und drehte das Wasser auf, ließ es an ihrem Körper herunterlaufen, angenehm kühl, sie hob die Arme und drehte sich unter dem Wasserfall.

Nach zwei Uhr nachmittags; das hieß, sie hatte mehr als zwölf Stunden geschlafen, und so fühlte sie sich auch: äußerst entspannt. Sie hielt sich nicht lange mit dem Ausflug ins Stuttgarter Nachtleben am Vorabend auf, aber sie gab gerne zu, daß die Miniversion des Prozesses, den sie und Edward in Gang gesetzt hatten, wohl gewirkt hatte. Es war richtig gewesen, hierher zu kommen, und nun war sie dafür mit Schlaf belohnt worden. Sie überlegte, mit welchen Worten sie sich bei Gott bedanken könnte.

Das klare Wasser der Dusche wusch jeden Nachgeschmack ihres Traums und der Versuchung weg. Jetzt hatte sie eine kleine Feier verdient, mit dem Mann, der ihr auf den richtigen Weg geholfen hatte.

Gluck saß an der Seite der Rezeption, leger gekleidet: Er trug eine Jeans und ein graues Hemd. Er sah schlanker aus als gestern, und es dämmerte Helen, daß er womöglich auch körperlich fit war, nicht nur ein Hirnsportler. Er faltete seine Gliedmaßen auseinander und streckte seine Hand aus.

»Ah, Helen.«

»Edward.«

»Ja, Edward, du erinnerst dich noch.« Sein Tonfall machte deutlich, daß er gerne Edward für sie sein wollte. Edward und du war ihm lieber als Professor Gluck und Sie. »Guten Tag also. Du siehst gut aus. Großartig.«

Sie gingen essen: Rinderfilet in Zwiebelsauce mit kleinen Nudeln und Brot dazu und dann noch etwas mit heißen Kirschen, und Helen hatte auf alles Appetit. Edward schaute ihr beim Essen zu und sprach ernst, beinahe förmlich, über die chemischen Nebenaspekte seiner Arbeit. Wenn er genug über sie wüßte – rein wissenschaftlich –, könnte er ein Programm der allgemeinen Ernährung und Ergänzungsstoffe zusammenstellen, das ihr zumindest helfen würde, sich öfter zufriedener zu fühlen.

»Willst du mir Antidepressiva verschreiben?«

»Helen, sehe ich aus wie ein Schwachkopf? Du weißt, was ich davon halte. Diese Dinger machen niemanden glücklich. Sie lassen einen bloß vergessen, daß man unglücklich ist. Und du bist auch gar nicht depressiv.«

Er sah sie zu lange an.

»Was bin ich dann?«

»Wenn es dich nicht allzusehr enttäuscht – ich glaube, du bist in Trauer.«

Das war es also. Jetzt verstand sie, was er über sie dachte. Das war gut. Sein Anruf, seine Aufmerksamkeit, diese neue Sensibilität, sein Eifer, ihr jede Hilfe anzubieten, die ihm durch den Kopf schoß, und das alles, weil sie eine Witwe Gottes war und als solche Rücksicht verdiente.

Helen war erleichtert, mit Sicherheit vor allem erleichtert. Jetzt konnte sie Edwards Freundlichkeit vorbehaltlos annehmen, denn es war ganz klar, was sie füreinander bedeuteten. Das war alles gut so, sehr gut; überhaupt nicht enttäuschend.

Sie schlenderten durch ein paar Gassen der Fußgängerzone und einige Unterführungen zum Hotel zurück, und er nahm zwar nicht ihren Arm, wenn das Gedränge dichter wurde, aber seine Haltung ließ vermuten, daß er dazu bereit wäre, sollte es nötig werden. Helen versicherte ihm, daß sie die heißen Temperaturen sehr genieße, daß sie überhaupt nicht müde und das gemeinsame Mittagessen sehr angenehm gewesen sei. Er nahm jede ihrer Äußerungen mit stetigem und aufmerksamem Lächeln entgegen.

Hiernach würde Edward abreisen, und sie würde noch ein wenig ruhen, bis es Abend wäre, und sich dann vielleicht vom Zimmerservice ein paar Sandwiches bringen lassen. Er hatte sie durch ihre Krise geleitet, offenbar war sie vorüber, und nun mußte sie ihn nicht länger belästigen. Sie mußte ihm nicht einmal mehr schreiben. Jetzt konnte sie glauben, daß es jenseits ihrer selbst, an einem Ort, den sie nicht sehen konnte, Gnade gab, daß ihre Zeit vergehen und daß sie es zufrieden sein würde. Sich einrichten und sich darauf freuen.

»Da wären wir dann, zu Hause.«

Edward nickte und hielt ihr die Hoteltür auf, während sie hineinging. Er folgte ihr, und sie drehte sich zu ihm um.

»Das war … ich weiß es sehr zu schätzen, daß du so viel von deiner Zeit für mich geopfert hast. Wann fliegst du?«

Er verlagerte sein Gewicht unmerklich von einer Hüfte auf die andere und schaute an ihr vorbei. »Ich mußte von der Konferenz verschwinden – genug ist genug –, und ich hatte auch vor, Stuttgart zu verlassen, das stimmt. Aber dann habe ich es mir anders überlegt.«

»Warum?« Als sie es gefragt hatte, wurde ihr klar, daß sie es nicht wissen wollte.

»Ich weiß nicht genau. Ich glaube, ich brauche ein wenig Erholung. Davon brauche ich dir nichts zu erzählen. Wenn ich nach London zurückkomme, muß ich mich gleich wieder auf ein neues Projekt stürzen. Je eher ich zurückkomme, desto eher fängt es an, und ich möchte gern noch ein oder zwei Tage für mich sein.«

»Es tut mir leid, daß du so viel Zeit mit mir verbringen mußtest.«

»O nein, das war genauso wie allein sein.« Er zuckte zusammen. »Entschuldige bitte. So meinte ich es ganz und gar nicht.« Sie ließ es zu, daß er ihr die Hand auf die Schulter legte. »Ich wollte sagen, es war absolut erholsam, mit dir zusammenzusein. Sehr gebildete Menschen – nein –, sehr gebildete *Akademiker* sind nicht immer sehr intelligent und ganz bestimmt nicht immer angenehme Gesellschaft.« Er schüttelte den Kopf, inzwischen ernsthaft an sich selbst verzweifelt. »Und das beweist alles nur, was ich dir gestern erzählt habe – James Stewart hätte eben genau das *Richtige* gesagt: daß du intelligent bist und angenehme Gesellschaft. *Ich* hingegen vermassele natürlich alles.«

»Ach, ich weiß nicht. Wenn ich mich recht erinnere, konnte James auf sehr charmante Weise verlegen sein. Wenn er was vermasselt hatte.«

Edward sah über ihren Kopf hinweg und blickte sie dann forschend an, während sie mit ihm das gleiche tat. »Wie gesagt – intelligent. Ich glaube, ich gehe besser auf mein Zimmer.«

Sie erlaubte sich ein Kichern. »Nein, nein, falsches Hotel. Hier gehe *ich* auf *mein* Zimmer.«

»Hab ich das gar nicht erzählt? Ich wohne jetzt auch hier.«

»Was?«

»Na ja, ich konnte ja schlecht so tun, als ob ich Stuttgart

verlasse, und dann noch nicht mal aus meinem Hotel auschecken.« Er bemühte sich, die Erklärung plausibel klingen zu lassen. »Jetzt bin ich untergetaucht. Du wirst mich doch nicht verraten?«

»Nein. Natürlich nicht.«

»Gut.«

Sie fuhren schweigend zusammen mit dem Aufzug nach oben. Helen tastete in Gedanken etwas ratlos die Überraschung ab. Edward hatte sich dieses Hotel ausgesucht. Er hatte wohl gedacht, es würde ihm gefallen – hatte keine Lust gehabt, woanders zu suchen. So mußte es gewesen sein. Das war die Erklärung.

Edwards Stockwerk glitt um sie herab, zusammen kamen sie zitternd zum Stillstand. Er nickte vor sich hin, als er sich von ihr weg bewegte, dann drehte er den Kopf in ihre Richtung und sagte: »Wir sehen uns jetzt sicherlich nicht zum letzten Mal, aber ich werde mich nicht aufdrängen. Ich habe eine Menge zu tun, ich kann mich schon beschäftigen. Das verspreche ich.«

Er wollte sie offensichtlich beruhigen – sie mußte besorgter gewirkt haben, als sie wollte.

»Dann auf Wiedersehen, Edward.«

Er nickte wieder. »Ich hoffe doch, daß wir uns tatsächlich wiedersehen.« Die Aufzugtür glitt zu. »Aber ich werde mich ganz bestimmt nicht aufdrängen. Bis dann.«

Sie antwortete nicht, denn die Aufzugtüren hatten sich vor ihr geschlossen, bevor sie etwas Brauchbares sagen konnte.

Zwei Tage näherte sich Helen dem Speisesaal zur Frühstückszeit mit leichter Nervosität. Sie wußte nicht, ob er schon am Buffet stand oder womöglich auftauchte, während sie ihren Kaffee trank und versuchte, sich für den Tag zu sammeln. Das wäre schließlich ganz normal, die meisten Menschen frühstückten zur Frühstückszeit, und er hätte sich wahrscheinlich auch aus Höflichkeit zu ihr gesetzt. Konversation am frühen Morgen jedoch überforderte sie völlig. Sie freute sich nicht gerade darauf, im schlechtesten Licht zu erscheinen.

Zur Übung versuchte sie sich vorzustellen, wie sie zu Hause frühstückte. Zu Hause; dieser andere Ort. Sie versuchte ernstlich, sich den dortigen Ablauf vor Augen zu führen. Lobte Mr. Brindle jemals ihren Schinkenspeck, bat er sie um die Marmelade? Helen hatte Mühe, sich zu erinnern. Jenes Haus, jene Küche waren unmerklich unwichtig geworden, und so auch die müde holpernde morgendliche Routine: Tee kochen und Toast machen und darauf achten, daß die Milch in den Kühlschrank und das Brot in den Brotkasten kommt und nicht umgekehrt, auch wenn du furchtbar müde bist, denn du willst dich nicht schon wieder entschuldigen und alles erklären; denn das Schlimme an deiner Lage ist ja gerade, daß sich nichts daran ändert, und Mr. Brindle, das weißt du schon, kann Erklärungen nicht ausstehen.

Aber jetzt *hatte* ihre Lage sich geändert. Helen schlief immer schneller und schneller ein. Sie hatte unerklärliche Energie und großen Appetit. Wenn sie nach Schottland zurückkehrte, würde sie gar nicht anders können als verändert aussehen. Vielleicht gefiel sie Mr. Brindle nicht verändert.

»Mein Mann versteht mich nicht.«

Sie hätte das beinahe laut ausgesprochen. Als würden sich die gemütlich frühstückenden Paare und die ordentlichen Familien auch nur im entferntesten dafür interessieren, daß ihr Leben sich auf ein wenig überzeugendes sexuelles Klischee reduzieren ließ.

Sie hätte sich natürlich gar nicht sorgen müssen, jedenfalls nicht, was die Gesellschaft am Frühstückstisch anging. Entweder aß Edward morgens nichts, oder er tat es auf seinem Zimmer. Er hielt Wort und drängte sich nicht auf. Edward störte sie weder absichtlich, noch kreuzten sich ihre Wege zufällig, wenn sie in eine Gemäldegalerie ging oder in einen Laden für Hologramme, wo sie ein Mitbringsel für Mr. Brindle kaufte.

Helen wurde bewußt, wenn man jemanden erwartete, auch mit mulmigem Gefühl, und dieser Jemand tauchte dann nicht auf, dann war man leicht enttäuscht. Man konnte es direkt ärgerlich finden, daß dieser Jemand einem nicht ungelegen kam.

Außerdem hatte Helen einen guten Grund, noch einmal mit Edward zu sprechen. Sie wollte ihm sagen, wieviel besser es ihr ging. Sie empfand nichts als Vergnügen, daß sie stundenlang herumlaufen konnte, ohne sich schwach zu fühlen, oder daß sie sich spontan zwei Brezeln und dann noch ein Stück Apfelkuchen kaufen und sie aufessen konnte, bloß weil das da war und weil sie da war und weil sie sehr gerne essen wollte. Wenn Fremde sie anschauten, blieben ihre Augen nicht wie sonst einen Moment zu lange an ihr hängen und umwölkten sich mit Sorge oder Verlegenheit. Sie lächelte die Welt an, und die Welt lächelte zurück. Auch wenn es bisher nur schwachen Trost aus der jenseitigen Welt gab, fand sie doch Zuspruch von gegenwärtigen und greifbaren Dingen. Es wäre nur angemessen, sich bei Edward für seinen Anteil daran zu bedanken.

Nach dem dritten unbegleiteten Frühstück fragte Helen sich, wie lange Gluck wohl noch in Stuttgart bleiben würde. Vielleicht war er schon abgereist, ohne ihr etwas zu sagen. Das war zwar unwahrscheinlich, aber nicht ganz unmöglich. Entscheidender aber war, daß sie selbst nur noch zwei Tage bleiben würde. Dann würde sie nach Hause fliegen müssen.

Menschen kehrten dauernd nach Hause zurück, das taten sie gern, denn zu Hause war ein angenehmes Gefühl und nicht bloß ein Haus, in dem man vorher gewohnt hatte. Helen kannte das vom Hörensagen, aber nicht aus eigener Erfahrung.

»Edward?«

»Hallo?« Seine Stimme klang etwas vorsichtig und schwach durch den Hörer. Sie saß auf ihrem Bett und überlegte, was sie bei diesem Anruf wohl am besten sagte.

»Edward?«

Jetzt konnte sie hören, daß er sich freute. »Oh. Hallo. Helen, du bist es, oder?« Er freute sich, sie zu hören. »Wie schön. Was für ein Tag ist heute?«

»Heißt das, das weißt du nicht?«

»Genau das. Wenn ich mich in etwas hineinstürze, verliere ich manchmal völlig den Bezug zur Außenwelt.« Er klang eher beschäftigt als abweisend, aber es tat ihr leid, daß sie ihn gestört hatte.

»Nein, nein. Du hast mich nicht gestört. Schon Donnerstag … hätte ich nicht gedacht. Und du verläßt mich wann?«

»Ich verlasse dich – ich verlasse Stuttgart am Samstag morgen.«

»Dann werde ich dich, wenn du verzeihst, heute abend nicht zum Essen einladen. Ich muß hier noch einiges erledigen.«

Helen fühlte dumpfe Enttäuschung anklopfen. »Aber wenn du nichts dagegen hast, würde ich sehr gerne mit dir einen Drink in der Bar im ersten Stock nehmen, so gegen neun. Oder halb zehn. Damit würdest du mir sogar einen ungeheuren Gefallen tun.« Er bemühte sich wieder zu sehr, war zu ausgesucht höflich. »Ich brauche eine Pause. Und ich möchte adieu sagen. Und sehen, wie es dir geht. Natürlich. Wie geht es dir?«

»Gut. Sehr. Neun paßt mir gut.«

»Das ist hervorragend. Ich werde dich nicht verfehlen.«

»Neun Uhr dann.« Während sie sprach, hatte sie den heißen metallischen Duft des Verbotenen in der Nase – ein Zeichen, daß Gott oder ein Teil von ihm nicht weit weg war, denn auch wenn Er ein Er war, so erregten doch Männer sein Mißfallen.

Das war Helen immer eingeschärft worden, und daß sie sich nicht mit ihnen einlassen sollte.

Aber sie wollte sich gar nicht einlassen, also konnte sie ohne Schuldgefühl die deutliche Spur Seiner Gegenwart in ihrem Zimmer wahrnehmen.

»Helen, leg nicht auf.«

Seine Stimme zog sie wieder zum Hörer.

»Wollte ich gar nicht. Was ist los?«

»Ach, nein, nichts ist los. Höre ich mich an, als wäre was?«

»Ein bißchen.«

»Oh. Nein, ich bin bloß müde. Mach dir keine Sorgen. Ich... Ich wollte mich für den Anruf bedanken. Das ist alles. So etwas habe ich wirklich gebraucht.« Er klang tatsächlich müde. »Eine der Gefahren beim Prozeß, beziehungsweise bei den Kräften, die er freisetzt, ist die gesteigerte Fähigkeit, sich lange Zeit auf eine Tätigkeit zu konzentrieren. Das kann sehr nützlich sein, aber es kann auch wie eine Haftstrafe enden. Ich vergesse manchmal, daß ich selbst den Generalschlüssel habe. Ähm, also, meine Zimmernummer ist 307, könntest du an meine Tür klopfen und mich abholen? Ich möchte mich nicht wieder völlig verlieren. Könntest du mir dabei helfen? Hm?«

Also fuhr Helen kurz vor neun – Pünktlichkeit hat noch niemandem geschadet – mit dem Aufzug in Edwards Stockwerk und ging einen Korridor entlang, den er inzwischen in- und auswendig kennen mußte, kam zu seiner Tür und wartete. Ihr fiel auf, daß sie keine Ahnung hatte, was nun zu tun war.

»Edward? Edward.«

Sie hörte drinnen eine Bewegung und dann den Ruf, »Hallo. Ja?«

»Soll ich anklopfen oder soll ich sagen, wer hier ist?«

»Wohl noch nie einen Herrn auf seinem Hotelzimmer besucht, was?« Jetzt klang er schon näher.

»Nein.«

»Ich weiß nicht, ob«, ein Schloß öffnete sich, »Herr der richtige Ausdruck ist …« und die Tür ging auf. »Jedenfalls brauchst du nicht zu klopfen, komm einfach rein. Ach ja, und sag mir vielleicht noch, wer da ist.« Sein Blick rutschte von ihrem Gesicht abwärts.

»Ich.«

Er schüttelte leicht den Kopf, als wolle er den Kopf frei bekommen, nickte ihr zu, grinste. »Oh. Hallo, ich. Hallo, du. Gut. Gut.«

Zimmer 307 war nicht unordentlich, eher derangiert. Die Möbel und die Ausstattung waren das Spiegelbild von Helens Zimmer zwei Stockwerke höher, aber hier roch es nach menschlicher Wärme, nicht unangenehm, aber etwas unerwartet und intim. Edward sah nicht derangiert aus, eher unordentlich, und winkte sie herein und zu einem Sessel, während er entschlossen zum Badezimmer schritt.

»Ich *bin* fertig, und ich *habe* dich schon erwartet, ich muß mich nur noch rasieren. Wie du siehst. Tut mir leid. Setz dich. Dauert nicht lange.«

Und tatsächlich klang gleich das schabende Summen eines Elektrorasierers durchs Zimmer, und Helen wartete, schaute sich um. Auf Edwards Schreibtisch türmten sich Papiere, Zeitungsartikel, Aktenordner und seine handgeschriebenen Notizen, nahm sie an. So wie sie auch in die Fenster fremder Leute schaute, wenn diese sie nachts nicht verhüllten, konnte Helen noch nie der Anziehungskraft eines Arbeitsplatzes widerstehen.

Sie ging hinüber und schaute auf seine Unterlagen, während sich Edward, offenbar mit Verve, weiter rasierte. Hier arbeitete er also – hier war er ein echtes Genie, ließ seinen Geist ausschreiten, niemand vor ihm, der ihn aufhalten könnte, niemand hinter ihm, den er fürchten müßte.

Während im Badezimmer die Wasserhähne aufgedreht wurden, konnte sie in aller Ruhe Diagramme aus breiten schwarzen Tintenstrichen betrachten, eng beschriebene Schreibmaschinenseiten und einen Stapel Fotografien. Sie hätte sich alle Fotos ansehen können, aber schon das erste ließ Helen innehalten. Zuerst versuchte sie bloß, es zu verstehen, und verweilte deshalb etwas länger dabei, doch dann erschloß sich das Gesehene plötzlich, auf einen Schlag, und sie stand da und schaute und stand da und schaute, weil das Bild sie vergessen ließ, daß sie etwas anderes tun könnte.

Das Mädchen hatte schockierend weiße Haut, die einen erstaunlichen Hintergrund für ihr Haar abgab, welches pechschwarz glänzte und lang genug war, um auf ihren Schultern zu liegen. An ihren Unterarmen waren dunkle Härchen zu sehen, und zwischen ihren Beinen glänzte ein dunklerer Schatten. Ihre Lippen waren geschürzt, als würde sie sich konzentrieren. Unter dem Mädchen war ein Mann, ebenso nackt, aber fast verdeckt, und unter ihm war ein Stuhl, kaum zu sehen. Das Gewicht des Mädchens schien fast ausschließlich auf ihren kräftigen Waden und ihren angehobenen Füßen zu ruhen. Ihre Schenkelmuskeln waren sichtbar gespannt. Und dann war da noch etwas: was sie taten.

Nach unbestimmter Zeit trat Helen zurück und beiseite und dachte nach. Sie versuchte, jegliche Meinungsbildung zu vermeiden. Gluck kam aus dem Bad: Krawatte ordentlich gebunden, Manschetten zugeknöpft, die Wangen gründlich geschabt und geglättet. Die Mischung von frischem After-shave und frischer Wäsche ließ sie sofort an zu Hause denken, an gute Abende vor längerer Zeit, an die sie sich erinnern konnte. Dieser Geruch verhieß Nähe und Ausgehen und unter Leute kommen und sich noch näher kommen. Edward lächelte, sie erwiderte es nicht.

Als er sie fragte, waren sie schon im Aufzug. »Du hast diese Fotos gesehen, oder? Auf meinem Schreibtisch.«

»Ja. Nein. Nur eins.« Ihre linke Seite lehnte sicher am Wandteppich des Aufzugs, ihre rechte war ihm zugewandt.

»Das habe ich mir gedacht. Tut mir leid, daß sie dich verstört haben. Sie sind sehr verstörend.« Er rieb sein Auge. »Ich ... ähm ... führe gerade eine Untersuchung zur Paraphilie durch. Eine der Gruppen, die ich berate, behandelt Männer, die krankhaft süchtig nach pornographischen Darstellungen sind. Das sind Menschen, die unser Mitgefühl verdienen. Und unsere Hilfe.«

»Ganz bestimmt.«

»Sag so etwas nicht, wenn du es nicht meinst.« Er sprach leise und sah sie nicht an.

»Entschuldigung. Es war ein Mißverständnis.«

»Schon gut. Das ist verständlich.«

Die Aufzugtür öffnete sich, und sie versuchte, nicht allzuschnell hinauszugehen. Edward blieb zurück und war schließlich gezwungen, auszusteigen, wenn er nicht wieder eingeschlossen und nach unten gefahren werden wollte. Dann stand er da und sah sie an, bis er überzeugt schien, daß sie ihn anhören würde.

»Nicht um alles in der Welt wollte ich dich schockieren. Es tut mir leid. Ich war einfach zu müde, um klar zu denken; ich hätte den Mist wegräumen sollen. Aber versteh bitte, diese Menschen brauchen Hilfe. Wir reden hier nicht über ein Hobby – so eine Art Entspannung –, was auch immer man davon halten mag. Diese Männer sind beinahe außerstande, Beziehungen zu anderen Menschen in der realen Welt aufrechtzuerhalten. Wenn sie tatsächlich Intimpartner haben, werden sie damit nicht fertig. Sie laufen Gefahr, ihren Arbeitsplatz zu verlieren, sie verlieren das Interesse an ihrer Umgebung, sie essen nicht, ihr Leben kreist um eine Art von Befriedigung, die sie sich immer seltener verschaffen können. Eine Dekonditionierung kann ihnen bis zu einem gewissen Punkt helfen, aber sie brauchen etwas Positiveres. Ich hoffe, daß ich diese Hilfe finden kann.« Er legte seine Handflächen auf ihre Schultern und ließ sie in sein Gesicht blicken. »Es tut mir leid. Bitte. Helen.«

»Bitte was? Ich weiß nicht, worum du mich bittest.«

»Hilf mir, diesen Abend nicht zu verderben.«

Als er seinen Kopf neigte, begriff sie, daß sie ihn auf die Wange küssen sollte, und das brachte die Dinge wieder ins Lot.

Edward schloß die Augen und atmete hörbar aus. »Komm mit in die Bar, und rede mit mir – damit ich nicht an all den Schmerz denken muß.« Er sah heute traurig aus, und seine Bewegungen waren zögernd, als sei er verletzt. »Willst du das tun?«

»Ja. Ja, das kann ich tun. Ich werde es jedenfalls versuchen.«

Edward hatte sein drittes Weizenbier fast ausgetrunken, als Jimmy Stewart wieder einmal auftauchte. *»Aaach, weißt du, ich finde, wir sollten auf den guten alten Bailey Park anstoßen.«* Edward versuchte, sie zu erfreuen, mit einem Witz die Stille zu vertreiben, die sich über sie senkte, wenn sie an ihre Abreise aus Stuttgart und ans Lebewohl dachte. *»Was meinst du?«*

»Bailey Park? Das mußt du mir erklären. Den kenne ich nicht.«

Edward war wirklich erstaunt, und Jimmys gedehnter Tonfall entglitt ihm. »Bailey Park. Kennst du das wirklich nicht? Kannst du dich nicht erinnern? Aber du bist doch sonst so eine kluge Frau.«

Sie fühlte sich ganz außerordentlich geschmeichelt, aber unterdrückte ihr Lächeln.

»Jeder hat seine blinden Flecken. Wie gut sind deine Pasteten?«

»Okay, da hast du mich erwischt.« Er konnte eine Art Grinsen nicht unterdrücken. »Aber Pasteten, ich will ja nicht … ich kann mir das gar nicht vorstellen. Du in der Küche beim Backen.«

»Ich hab's auch mal im Garten versucht, aber das Mehl ist immer weggeweht.«

»Vielleicht hättest du Mehltau nehmen sollen.« Er nippte an seinem Bier und probierte eine Miene aus, die sie noch nicht kannte. Er versuchte vorsichtig herauszufinden, ob sie ihm Albernheit durchgehen lassen würde. Zum ersten Mal bemerkte sie, daß er Wert darauf legte, was sie von ihm hielt.

»Also bitte, etwas mehr sittlichen Ernst.«

Er blickte auf seine Füße und war anscheinend beinahe glücklich. Sie klopfte ihm auf die Hand.

»Erzähl mir was über Bailey Park. Schließe meine Bildungslücken.«

»Also, Bailey Park war die Wohnsiedlung, die George Bailey in *Ist das Leben nicht schön?* gebaut hat. Die Leute konnten aus ihren überteuerten Mietlöchern ausziehen – die bekam man nie zu sehen, aber man konnte es sich vorstellen – und zogen in die Häuser, die George mit dem Geld gebaut hatte, das die Leute in die gute alte Building&Loan investiert hatten. Es war wie ein erreichbares Gelobtes Land. Gute Häuser und gute Menschen, die gute Taten tun – die ganze Siedlung war so, wie George es gern hatte. Der gute alte George. Also, auf Bailey Park!«

»Du willst auf eine Wohnsiedlung anstoßen?«

»Nicht *irgendeine* Wohnsiedlung. *Die* Wohnsiedlung. Erbaut mit Liebe und Würde. George baute sie für die Menschen. Wie viele Dinge werden schon tatsächlich *für* Menschen gemacht? Kann ich dir ein Geheimnis anvertrauen?«

Darauf konnte man nur mit Ja antworten.

»Das meine ich ernst, ich möchte dir ein Geheimnis anvertrauen, Helen. Du solltest dich also fragen, ob du dir von einem Mann, den du nicht allzugut kennst, in einer Bar in einem fremden Land etwas anvertrauen lassen möchtest.« Er schaute gebannt auf sein Glas, als könnte es gleich davonlaufen.

»Vertrau mir an, soviel du willst. Es ist schön, etwas anvertraut zu bekommen.«

»Du wirst mich für komisch halten.«

»Ich halte dich für ein Genie.«

»Das ist sehr ...« Gluck schüttete den Rest seines Biers hinunter, anstatt den Satz zu beenden.

»Was ist dein Geheimnis? Ich sag's nicht weiter.«

»Oh, das weiß ich. Ganz bestimmt.« Er sprach mit sanfter Stimme weiter, als wolle er ein schlafendes Kind beschreiben. »Es ist eher ein Gedanke als ein Geheimnis. Vor langer, langer Zeit habe ich einmal versucht zu erklären, was ich eigentlich im Gehirn erschließen möchte. Ich hätte sagen können, daß ich den Bauplan des Denkens entdeckt hätte und dabei sowohl die Zeit als auch äußere Einflüsse umgehen und so alle Problemlösungen der Welt erforschen könne. Ich habe herausgefunden, woraus ich gemacht bin. Ich bin der Glaube, der Berge versetzt, ich bin ein Höhenflug. Um die Sprache der Physik zu benutzen: Ich bin eine permanente Singularität – ein ständiger Prozeß massiver Veränderungen. Du natürlich genauso.«

Er hob seine Augen von der Tischplatte. Sie wußte nicht, wie sie zurückblicken sollte: in die Augen eines Mannes, der sich ganz und gar selbst erschaffen hatte.

»Ich war also wieder einmal gebeten worden, mich und den Prozeß zu erläutern, und ich hatte auch schon mit den üblichen Phrasen begonnen, aber dann hielt ich plötzlich inne, weil etwas anderes viel logischer schien. Mir jedenfalls schien es viel logischer. Ich wollte sagen, daß unsere Gehirne, unser Bewußtsein so eingerichtet sind, daß jeder die Chance auf Bailey Park hat. Wir nehmen diesen Ort mit, wohin wir auch gehen – der Ort sind wir *selbst* –, wir können einen Bailey Park daraus machen, wir können im Glück leben. Wir haben jedenfalls die Chance. Ich habe einen klitzekleinen Beitrag dazu entdeckt, den ich den Prozeß nenne, aber ich weiß auch, daß ich gerade erst am Anfang stehe.«

»Und? Hast du das gesagt? Mit Bailey Park?«

»Nein. Nein, ich unterhielt mich mit einem Vertreter des Pentagons. Er wollte, daß ich für ihre Spitzenforschung arbeitete – die *Advanced Research Projects Agency* – und neben vielen anderen furchtbaren Dingen sollte ich vor allem jungen Männern und Frauen beibringen, wie man furchtbare Sachen furchtbar gut macht, ohne zu denken. Sie wollten alles Schmerzhafte aus den Kriegsberichten eliminieren – keine emotionalen Erinnerungen mehr, bloß erreichte Ziele und Erfolgsquoten. Ich glaube nicht, daß das Pentagon etwas mit Bailey Park anfangen kann. Oder mit Glück.«

»Du hast ja auch nicht für sie gearbeitet.«

»Natürlich nicht. Du kennst mich; das hätte ich nicht tun können. Und ich bin kein Amerikaner. Das hat die Ablehnung erleichtert.«

»Haben sie Schwierigkeiten gemacht?«

»Na ja, der Nationale Sicherheitsrat hatte ein paar Killer angeheuert, und die wollen mich immer noch umlegen …«

»Was?« Sie wollte nicht besorgt klingen, tat es aber doch, obwohl das offensichtlich ein Witz war.

»Nein. Ich arbeite jetzt nicht mehr in Amerika, das ist alles. Ein bißchen schade allerdings, denn ich habe inzwischen ein paar gute Freunde dort. Aber Bailey Park, das ist der richtige Ort.« Er hob sein Glas, und sie stieß mit ihm an. Seine Hand zitterte etwas, als er seins wieder abstellte. »Ich bin so müde. Ich merke es jetzt erst. Müde, müde, müde.«

Also redeten sie dummes Zeug über die finnischen Tänzerinnen und freuten sich aneinander. Helen versuchte sich zurechtzulegen, was sie sagen wollte: ein richtiger Abschied und ein richtiges Dankeschön.

»Edward?«

»Helen.«

»Ich glaube, es wird langsam Zeit –«

»Ich weiß. Ich versuche schon die ganze Zeit, mir ein paar halbwegs sinnvolle Abschiedsworte zusammenzusuchen, aber mir ist nichts Angemessenes eingefallen. Heute abend bin ich zu nichts zu gebrauchen.«

»Nein, das heißt, ja, das auch. Und das ist ... es ist schwer, nicht wahr?«

»Ja. Ich möchte lieber nicht laut sagen, wie sehr ich es genossen habe, das ... na, eigentlich dich. Uns. Wenn ich das sage, dann gebe ich zu, daß es bald zu Ende ist.«

»Ich weiß. Aber ich möchte mich bei dir bedanken. Ich meine, ich schla ...«

Seine Augen wurden wach. »Ich weiß. Du schläfst. Du findest wieder zu dir selbst.«

»Genau. Seit dem finnischen Abend. Der war wirklich wunderbar.«

»Außer, daß du dein Essen nicht angerührt hast und daß du das Ballett nicht ausstehen konntest und daß du mich gehaßt hast.«

»Ich habe dich nicht gehaßt.«

»Zu Anfang.«

»Vielleicht habe ich dich nicht besonders gemocht.«

Sie standen auf, steuerten auf das Ende des Abends zu.

»Aber jetzt magst du mich?«

»Offensichtlich.« Sie gingen vorsichtig nebeneinander.

»Sehr gern?« Er versuchte, die Worte so leicht wie möglich klingen zu lassen – kein Druck, keine Bedrohung.

»Darauf kann ich nicht antworten.«

»Warum nicht?«

»Das würde dir nur zu Kopf steigen.« Sie blieb stehen, und einen Herzschlag später auch er. »Vielen Dank für Ihre Hilfe, Professor Gluck.«

»Vielen Dank für Ihre, Mrs. Brindle.«

Anstatt die Bar zu verlassen und zum Aufzug zu gehen, blieben sie eine Weile schweigend beieinander stehen. Helen dachte an ihren vollen Namen und an seine Bedeutung. Mrs. Brindle, verheiratet mit Mr. Brindle, kurz vor der Heimreise. Nach und nach spürte sie, wie sich ein bleiches, metallisches Gefühl in den Gliedern ausbreitete. Ihr Gesicht zuckte, drohte außer Kontrolle zu geraten.

Edward räusperte sich. »Na komm!«

Helen suchte in ihrer Tasche nach dem Zimmerschlüssel und holte ihn heraus, obwohl sie ihn noch gar nicht brauchte. Sie gingen weiter.

Edward blickte abwesend geradeaus und wartete auf die Ankunft des Aufzugs. »Das ist ja schrecklich.«

»Ja.« Sie berührte ihn am Arm, dicht an der Schulter. Fast eine Sekunde lagen ihre Finger und ihre Handfläche auf dem Stoff seines Hemdes, und sie konnte ihn spüren, sie konnte ihn voll und ganz spüren, wie ein Blitzlichtfoto auf der Haut, das sich um ihren Kopf, um ihren Mund, um ihre Hüften und hinein legte. Sie spürte ihn. Dies war die Wölbung und Krümmung und Wärme seines Arms, Muskeln und Geist bewegten sich sanft unterm Hemd. So würde er aussehen: die glatte Oberfläche, die Farbe, der Anstieg zum Schlüsselbein, der nahe Oberkörper, die Bewegung seines Blutes. Dies war der Geruch seines Geschmacks. Er würde gut schmecken, denn er war ein guter Mann. Bevor sie zu Ende geatmet hatte und ihre Hand wieder wegnahm, wußte sie genau, wie ein Kuß oder ihre Lippen auf seinem nackten Arm schmecken würden. Gut.

»Endlich.«

»Hm?« Sie sah, wie sich die Aufzugtüren teilten. »Ach ja.«

Und sie fuhren gemeinsam nach oben. Zwei Etagen. Zwölf Sekunden. Helen zählte sie.

»Dann leb wohl.«

Helen wollte »leb wohl« erwidern, aber er küßte sie auf den Mund, plötzlich, mit trockenen Lippen, und brachte sie zum Schweigen. Dann bewegten sich die Türen, und auch er bewegte sich, ging hinaus, war weg.

In ihrem Zimmer nahm Helen an diesem Abend ein Bad und dachte an rein gar nichts. Sie trocknete sich langsam ab und betrachtete sich im Spiegel und dachte immer noch an nichts.

Kurz nach Mitternacht klingelte ihr Telefon. Sie wußte, wer dran war.

»Edward?«

»Oh, das wußtest du.« Eine lange Pause. »Tut mir leid, daß es so spät ist. Ist mir gerade erst aufgefallen.« Er klang körperloser als sonst.

»Das stimmt. Ist irgendwas? Edward? Stimmt was nicht?« Sie lauschte, während er leise atmete, laut genug, daß sie es hören konnte. »Edward, was ist los?«

»Ach ja. Tut mir leid. Ich sollte dich nicht damit belästigen. Es ist nur … Ich habe mir noch mal dieses Material angeschaut, und das deprimiert mich so. Es macht mich so unglücklich, bloß daran zu denken, Helen.«

»Du meinst diese Männer? Die Fotos?«

»Es ist so schlimm.«

»Ja, aber du wirst ihnen helfen, und du weißt, daß der Prozeß helfen *kann.* Sie werden geheilt werden. Es ist ganz normal, daß das Leid anderer Menschen einem zu schaffen macht.«

»Ja, kann schon sein. Anderer Menschen. Aber mich macht es auch einsam, verstehst du? Irgendwas läßt mich denken, ich sei einsam, und ich dachte, es würde helfen, dich anzurufen. Das war eine dumme Idee.« Seine Aussprache wurde klarer. »Ich meine, wenn ich mit dir spreche, fühle ich mich tatsächlich weniger einsam, aber es ist dumm von mir, mich aufzudrängen und dieses Zeug an mich heranzulassen.« Er klang jetzt, als ärgere er sich über sich selbst. »Ich habe schon Schlimmeres gesehen. Ich wollte nur sagen, daß es mich wirklich sehr gefreut hat, dich kennenzulernen, und daß es mich noch mehr freuen würde, wenn du mir ab und zu schreibst. Ich würde gern wissen, wie du schläfst. Hm?«

Helen wurde langsam wacher und konnte sich darüber freuen, daß er an sie gedacht hatte – auch wenn es ziemlich spät war. »Ich werde dir schreiben. Ich ... brauchst du ... Edward, geht es dir gut? Kann ich irgendwas für dich tun?« Sie konnte ihm natürlich Verschiedenes anbieten, aber es war sehr spät, und ihre Angebote mochten unpassend erscheinen.

»Nein, alles in Ordnung. Ich habe zu lange an einer Sache gearbeitet, das ist alles. Ich wünsche dir eine gute Nacht.«

Helen antwortete nicht, weil sie wußte, daß er weitersprechen wollte.

»Aber Helen, ach, es ist alles so schreckliches Zeug. Ich bitte um Entschuldigung, daß ich davon anfange, aber es ist wirklich ganz schreckliches Zeug. Wenn ich *nicht* darüber rede, kommt es mir so unwirklich vor. Wenn ich dir nicht erzählen kann ... ich schaue mir diese Sachen an, und sie haben ein, ein Leben ... ich weiß nicht, mehr als ich selbst.«

Sie hörte, wie er den Hörer in die andere Hand nahm.

»Ich weiß nicht, warum ich das tue. Ich sollte es lassen, aber ich tue es.«

Seine Stimme klang jetzt näher.

»Es tut mir leid, aber ich habe hier ein Foto von einer Frau, in der zwei Männer stecken. Das schaue ich mir an. Ein Foto in einer Zeitschrift. Sie und zwei Männer. Ihre Lippen verdecken den Schwanz des ersten Mannes nicht ganz, er ist auch ziemlich groß. Ich glaube nicht, daß sie den ganz in die Kehle kriegen würde, aber es ist ohnehin die ideale Haltung für sie, denn diese Fotos sollen uns ihre ganze Wahrheit zeigen. Wir müssen das Lutschen *und* den Schwanz sehen. *Und* das Ficken. Ihr zweiter Gefährte fickt sie anal, und natürlich können wir das meiste von ihm sehen – das, worauf es ankommt – und ebenso ihren emporgereckten Arsch, wie willig und offen sie ist. Er trägt dunkle Socken, dieser zweite Mann, und hat Krampfadern – nicht schlimm, aber man sieht sie.

Hast du schon mal zwei Schwänze in einer Frau von nahem gesehen? Davon habe ich auch Fotos – in den Arsch und in die Möse gefickt? –, und es sieht unvorstellbar aus. Die Penisse sehen aus wie ein dickes Seil, das gut eingefettet durch sie hindurch gezogen wird. Auf Video pulsieren sie im Takt, oder auch nicht, als würden sie sich von ihr ernähren, ein Fickparasit.

Helen, das ist alles so klar, viel klarer als das Leben. Sie sind nur da, damit ich sie anschauen kann, die zwei Männer, die sich in Ekstase reiben, und sie, die keinerlei Vergnügen empfindet. Sie dient nur dazu, die beiden kommen zu lassen und den Zuschauer kommen zu lassen; das ist der ganze Grund für ihr Dasein, mehr muß man nicht hinzufügen. Die Männer können sie überall berühren, innen und außen, aber sie müssen sie nicht zum Höhepunkt bringen, sie müssen nicht mal ihre Möse benutzen, wenn sie keine Lust haben. Sie kriegt es bloß dahin, wo sie es reinstecken. Kein Vergnügen, kein Spaß. Außer natürlich, die Ejakulation an sich bereitet ihr Vergnügen. Wenn das so ist, dann ist sie eine dreckige Schlampe und verdient alles, was sie kriegt, sogar, von der gesamten Fotocrew vergewaltigt zu werden, auf den nächsten Seiten, ich weiß es. Ich habe mir dieses Heftchen schon mal angesehen. Sie wird von sieben Männern benutzt und erniedrigt, während ihr Mund unechte Gefühle vorzeigt und ihre Augen abgeschaltet haben.

Jeder gesunde und normale Mensch, der sie in diesem Zustand sehen könnte, würde nichts als Mitleid mit ihr empfinden und ihr helfen wollen. So sollte es sein, Helen, so müßte es sein. So wäre es in Bailey Park. Jeder gute Mensch, der ein Herz im Leibe hat, würde sich nicht vorstellen wollen, wie sie sich fühlt. Das verstehst du doch, oder? Helen?«

Sie schaffte es, ja zu sagen.

»Ich rede doch noch klar und deutlich. Ich bin nicht zu betrunken, mich deutlich auszudrücken, bloß betrunken genug, dir das zu erzählen. Helen, hör mir zu. Du solltest zuhören. Hörst du mir zu?«

»Ja.« Sie hörte seine Unsicherheit, eine Bewegung, die seinen Atem zittern ließ.

»Ich möchte, daß du mich kennenlernst ... du kannst gar nicht anders, und ich kann es nicht erwarten. Helen, ich möchte wissen, wie die Frau auf dem Foto sich fühlt. Ich möchte sogar wissen, wie sie sich *anfühlt*.

Ich möchte wissen, wie sie sich da drinnen anfühlt, wenn mein Schwanz bis zu den Eiern in ihr steckt, mein Schwanz nach so vielen anderen Schwänzen, nach allem, was sie mit ihr angestellt haben. Ich will sie auch benutzen. Und sie würde es wollen, die Bilder lassen sie so aussehen. Ich möchte in ihr stecken, wenn sie wundgefickt ist, wenn sie bis zu den Eierstöcken offensteht – und sie steht offen, das sehe ich. Ich kann alles sehen – daß sie voll ist bis obenhin, daß ihr der Saft der anderen Männer aus der Fotze läuft. Ich möchte meinen Schwanz in sie stecken und sie vollspritzen. Ich will kommen. Helen, ich will kommen. Jetzt. Und dann will ich den andern zusehen, wie sie sie wieder rannehmen, und dann wechseln wir uns ab und schieben es ihr hier rein und da rein und überall hin. Überall. Es ist kein Ende abzusehen. Meine Wünsche kennen keine Grenze und kein Ende. Kein Ende, Helen.

Ich kann es einfach nicht ertragen, was da immer mit mir passiert. Ich sage dir, ich werde da niemals rauskommen, das weiß ich. Manchmal kann ich mich ein wenig im Zaum halten, aber das ist auch schon alles.

Ich kann Ihnen nicht mehr helfen, Mrs. Brindle, ich bin der falsche Mann für den Job. Ich bin der falsche Mann. Sie sollten besser –«

Sie wußte, daß sie auflegen würde, aber das Klacken des Hörers ließ sie dennoch zusammenzucken. Nach und nach merkte sie, daß ihr ganz friedlich zumute war, sie mußte gar nichts tun: nicht weinen, sich nicht bewegen, sich nicht an die Schärfe und Hitze seiner Worte erinnern. Sie würde jetzt das Licht ausschalten, sich beruhigen und träumen. Entscheidungen konnte sie morgen treffen, wenn es welche zu treffen gab. Es schien nur eine zu geben, und die war schon gefallen.

Gegen zwei Uhr nachts klingelte das Telefon. Sie zählte bis zwanzig, bevor das Klingeln aufhörte und die Stille sich wieder zitternd um sie legte. Der Lärm hatte sie nicht geweckt, sie hatte nicht geschlafen.

Mr. Brindle gefiel sein Geschenk nicht besonders.

»Was ist denn das?«

Sie hätte es ihm lieber vor dem Essen geben sollen, dann wäre er nicht schon wegen der angebrannten Pastete verärgert gewesen. Seltsam, wie schnell sie beim Kochen und Backen aus der Übung kam – ein paar Tage ausgesetzt, und schon brachte sie nichts Anständiges mehr zustande.

»Was ist das?«

»Ein Hologramm.«

Er umklammerte den Rahmen des Bildes mit beiden Händen und drehte es vor und zurück, aber er starrte sie dabei an und konnte deshalb natürlich nicht sehen, wie sich das Bild veränderte. »Ich weiß, daß das ein Hologramm ist, ich habe so was schon mal gesehen. Ich meine, was soll es darstellen? Ich kann nichts erkennen.«

»Es tut mir leid, daß ich weggefahren bin.«

»Darum geht es gar nicht. Es geht um das hier: dein Geschenk, das nicht funktioniert. Wenn ich mich darüber ärgern will, daß du mit deiner verrückten Schwester durch Europa gondelst und dich einen Dreck um mich scherst, dann ärgere ich mich darüber. Ich habe einen freien Willen. Das sagst du doch immer, oder?«

»Ja.«

»Also?«

»Ich glaube, es funktioniert, wenn das Licht besser ist.«

»Und?«

»Sie mußte einfach mal raus.« Mrs. Brindle verfestigte ihre ursprüngliche Lüge, die sie von nun an verfolgen würde, bis sie entweder ihr Schuldgefühl vergaß oder die Wahrheit. Andererseits verfestigt sich eine Lüge nur dann, wenn man sie die Oberhand gewinnen läßt. »Die Scheidung und alles – sie brauchte mal Urlaub.« Sie sah ihn mit ruhigem Gesicht an, mit arglosen Augen, und erlaubte ihm einen Blick auf ihre ganz ehrliche Reue, die er auslegen konnte, wie er wollte: wegen ihrer Pflichtvergessenheit, einer heimlichen Verfehlung, Gedanken an einen Seitensprung. Gott weiß was.

»Ich meine nicht deine Schwester. Ich meine das hier. Obwohl es gar keinen Zweck hat, darüber zu reden. Es funktioniert ja nicht.«

Mr. Brindle stellte das Bild neben seinen noch nicht abgeräumten Teller und gab ihr Gelegenheit, beide Unzulänglichkeiten zu beseitigen. Das Hologramm würde mit dem mißlungenen Backwerk entsorgt werden, aber sie hoffte doch, daß sie mit dem Sommerpudding und der Sahne mit einem Hauch von Zimt mehr Glück haben würde. Den hatte Mr. Brindle immer gemocht, und er sah einfach prachtvoll aus, all die verschiedenen Rottöne – die Früchte der Jahreszeit verbreiteten in der Küche einen Duft, der sie ans Beerenpflücken und an jüngere Tage erinnerten.

Sie setzte sich wieder an den Tisch und beobachtete ihn, während er probierte, prüfte, die weiße Sahne und die saftigen Früchte zu einer rosa verlaufenen Masse verrührte. Würde sie sich an den Prozeß und seine Ernährungsvorschriften halten, dürfte sie so etwas nicht essen. Statt dessen hätte sie die Ergänzungsstoffe und Spurenelemente eingekauft, die er verordnet hatte; viel zuviel, um es irgendwo in Mr. Brindles Haus verstecken zu können.

Mr. Brindle begann zügig zu essen, und Zufriedenheit strahlte von seiner Stirn und seinen Lippen. Mr. Brindle hatte sich noch nicht über ihre Reise geärgert, aber heute abend würde er es wohl nicht mehr tun. Später reichte auch noch. Als er ihr seine Schale reichte, hatte er keinen strengen Blick aufgesetzt. Er rieb ihr sogar mit dem Zeigefinger über den Handrücken.

Weil sie weg gewesen war und er womöglich darüber gegrübelt hatte, daß sie ihm in keiner Weise zur Verfügung gestanden hatte, würde er sie heute nacht womöglich auffordern, bei ihm zu liegen. Nicht, daß sie sonst nicht in einem Bett schliefen, aber vielleicht erinnerte er sich daran, wie sie früher die gemeinsame Schlafstatt genutzt hatten. Sie würde sich nicht verweigern. Ablehnung wäre unklug, und er würde auch nicht viel verlangen, nicht mehr als einmal. Sie würden wieder versuchen, einander zu lesen, und würden wieder entdecken, daß sie in zwei verschiedenen Sprachen geschrieben waren, die nicht zu übersetzen waren. Ihre Wünsche würden verblassen, oder besser, Mr. Brindles Wünsche würden verblassen. Nach etwa einer Stunde könnte sie ihn verlassen und nach unten gehen, um sich auf einen Morgen zu freuen, der wegen der schlichten Pläne, die sie für den Tag gemacht hatte, hoffen ließ.

Die Tage nach ihrer Rückkehr aus Stuttgart schienen den Tagen vorher so sehr zu gleichen, daß Mrs. Brindle manchmal gar nicht an die Reise denken mußte. Dem Prozeß hatte sie den Rücken gekehrt. Ihre Sammlung von Zeitungsausschnitten über seinen Erfinder, ihre Artikel und Notizen lagen unter dem Papierfutter einer Küchenschublade, aber sie hätte sie ebensogut wegwerfen können. Irgendwann *würde* sie das auch alles wegwerfen, aber im Moment würde sie die Berührung noch zu sehr an einen Mann erinnern, und an das, was er tat, und im allgemeinen war ihr Leben frei von diesen Erinnerungen.

Frei bis zur Dunkelheit. In der schwärzesten Stunde der Nacht, wenn die altbekannte Todesfurcht mit schnellem, ungehemmtem Zittern über sie hinwegglitt und sie anhauchte – dann war auch Edward da. Sie lag zusammengerollt auf der Seite, das Gesicht auf dem rauhen Teppich, sie schloß die Augen und sah immer wieder ihr Alter und die Zeit, die ihr höchstens noch verblieb, sah die Niederlagen und Abnutzungen, die langsam einsickerten und ihr Leben bereits trübten, und die zu nichts anderem führen konnten als zu der Erinnerung an ihre Lügen und Dunkelheit in ihren Gedanken. Die Lügen und Gedanken an Edward würden sich in ihr verhärten wie altes Blut, und der Tod würde sie aushöhlen, bis nichts als ein getrübter und geronnener Widerhall ihrer selbst übrigblieb.

Sie würde durch und durch schlecht sein, wegen Edward – wegen des steten Säuretropfens Edward –, wegen des hartnäckigen und giftigen Schattens, der ihr vor Augen führte, wie er sich mit der Stirn zuerst und dann mit dem ganzen Körper umdrehte, der ihr den Duft seiner Hand in Erinnerung rief, der in ihre Haut gedrungen war, und das unmögliche, rasende Gefühl, das sich beim Geräusch seines Atems am Telefon näher schlich. Und das alles war ihre eigene Schuld und ihre eigene freie Entscheidung. Sie hütete die schmerzhaften Erinnerungen unter ihren Augenlidern und unter der Zunge, neben dem Kribbeln ihres Appetits. Das konnte sie auf ihrem Lebenskonto nicht ausgleichen, und ebensowenig eine Urlaubsreise, die eine Lüge war, und die sich so sehr um einen Mann und sein Fleisch drehte und so wenig um den Geist und um jene andere Liebe, die sie verloren hatte.

Nach Sonnenuntergang, wenn sie allein war, bestand sie nur noch aus falschen Gedanken: so falsch wie jetzt wieder, als ein Teil von ihr ausrufen wollte, wenn Gott nicht wollte, daß ich so etwas denke, dann hätte er mich nicht so erschaffen sollen. Gott sollte fair sein. Wenn es Seine göttliche Absicht gewesen sein sollte, daß sie sich an Sein Gesetz hielt, dann hätte Er sie nicht allein mit allem fertig werden lassen sollen oder ihr ein paar Tage Freude schenken und sie dann wieder niederwerfen. Sie war zu lange sehr allein und sehr müde gewesen, und nicht einmal Heilige konnten das immer ertragen.

Mr. Brindle hatte die Angewohnheit, ihr seine Meinung über Heilige zu unterbreiten.

»Selbstmord ist Selbstmord. Sie bringen sich um, und dann werden sie von allen möglichen Leuten gemalt, und alle nennen ihre verdammten Kinder nach ihnen.«

»Sie sind Beispiele.«

»So eine Scheiße.«

»Sie sind Beispiele.«

»Okay, gut, sie sind Beispiele. Dann hast du also tausend Beispiele, wie du dich benehmen sollst, wie du denken sollst und an welche Regeln du dich halten sollst. Und warum gehst du dann nicht mehr in die Kirche? Hm?«

»Das weißt du doch.«

»Da hast du ganz recht, das weiß ich. Das weiß ich genau. Du hast Vernunft angenommen. Bist hier rumgekrochen, als wärst du mit deinem Scheißjesus verheiratet ... dafür hab *ich* dich nicht geheiratet. Und immer dieses beschissene kleine Edinburgh-Lächeln, Scheiße noch mal!«

»Das ist nicht –«

»Was? Wahr? Du hast mich haben wollen, und du hast mich gekriegt, und jetzt mußt du verdammt noch mal mit mir leben, und *ich kenne dich*. Mich verarschst du nicht. ›Ich hab meinen Glauben verloren, ich hab meinen Glauben verloren.‹ Du hast nie einen gehabt. Du hast es wohl vergessen: Ich hab's gesehen. Ich hab gesehen, in welchem Zustand du aus diesem Drecksloch, aus deiner verdammten Kirche nach Hause gekommen bist. Ich habe die Farbe auf deinen Wangen gesehen. Ich wußte Bescheid. Du bist bloß dahin gegangen, um zu kommen. Schweißnaß, die Augen zu, auf Knien – du bist verdammt noch mal gekommen. Ich weiß Bescheid. Du hast bloß gekniet, weil du nicht mehr stehen konntest. Und dann hat Gott keinen mehr hochgekriegt, also hast du ihn verlassen. Hab ich recht? Hab ich recht?«

Er wurde nicht immer so wütend. Er war gerade in Gedanken mit etwas ganz anderem beschäftigt gewesen, und sie war so dumm gewesen, ihm ihren Zustand erklären zu wollen, sie wollte über das reden, was zwischen ihnen stand und immer undurchdringlicher wurde und sich im ganzen Haus ausbreitete, so daß sie kaum noch atmen konnten, wenn sie beide darin waren. Jeder Artikel, jedes Buch über die Ehe und Unstimmigkeiten zwischen Partnern hatte ihr geraten, daß sie sich erklären solle, und sie hatte es versucht. Falscher Abend, das war alles, sie hatte sich den falschen Abend ausgesucht.

»Hab ich recht? Hab ich recht?«

Mr. Brindle hatte sie am Handgelenk gepackt, hatte sie richtig daran emporgehoben, bis sie stand und neben ihm vom Wohnzimmer durch den Flur und in die Küche stolperte. Sie verbrachte viel Zeit in der Küche; sie war der Teil des Hauses, in dem sie sich am ehesten daheim fühlte.

Es war schwer, sich zu erinnern, wann Mr. Brindle die Schublade geöffnet hatte. Vielleicht hatte sie es nicht gesehen, oder sie hatte nur das Schaben des Holzes und das Klappern des Inhalts gehört, oder womöglich war sie zu verwirrt, irgend etwas zu bemerken, außer daß Mr. Brindle sie immer noch anschrie, und daß Anschreien sie immer verwirrte. Oder sie fast zum Weinen brachte. Manchmal brachte Anschreien sie fast zum Weinen.

Als er ihre Hand in die Schublade steckte, dachte sie, er suche etwas, und sah ihm ins Gesicht. Mr. Brindle lächelte ein komisches, verkrampftes Lächeln, das man manchmal aufsetzt, wenn man nervös ist oder einen der Schmerz anderer Menschen unangenehm berührt.

Später fiel ihr dieser Erinnerungsfetzen auf, denn Mr. Brindle war von *ihrem* Schmerz unangenehm berührt gewesen, der nicht sofort eintrat, aber schon unterwegs war.

Sie hörte, wie die Schublade geschlossen wurde und sah die Wirkung dieser Anstrengung über sein Gesicht zucken, gefolgt von einem Augenblick der Ruhe, ja fast Verwunderung. In ihren Fingern spürte sie eine brennende Taubheit. Mr. Brindle ließ ihr Handgelenk los, trat zurück und beobachtete sie.

Dann wollte sich Mrs. Brindle hinsetzen, aber sie tat es nicht, denn sie wollte sich auch übergeben und verspürte heftige Kopfschmerzen, weshalb sie sich die Schläfen reiben wollte. Sie versuchte, die Hände zu heben, und bemerkte, daß eine ihr nicht gehorchte. Sie steckte fest. Ein heftiger Brechreiz und ein helles, hohes Geräusch überfiel sie, als sie an ihrem Arm zog, und dann schaute sie auf ihre Finger, auf die vier Finger ihrer rechten Hand, die schon ein wenig verformt und ungewohnt aussahen und bluteten und von vier herabhängenden Hautfetzen halb verdeckt wurden. Sie sah einen ihrer Knochen leuchten.

Während sie in Ohnmacht fiel, versuchte sie sich den Vorgang immer noch zu erklären, und als sie das Bewußtsein wiedererlangte, wußte sie, was Mr. Brindle getan hatte. Er hatte ihre Hand in die Schublade gehalten und diese dann zugemacht. Sie hatte die Verletzung noch verschlimmert, weil sie ihre Finger herausgezerrt hatte, ohne zu begreifen, worin sie steckten.

Mr. Brindle kniete auf dem Fußboden und hielt den Arm um ihre Schultern. Er versuchte, nicht auf ihre blutenden Wunden zu schauen, aber seine Augen glitten immer wieder an ihrer Seite hinab. Er sagte, daß es ihm leid tue, und sie nickte und wurde wieder bewußtlos.

Es wäre am besten gewesen, sie ins Krankenhaus zu bringen, aber statt dessen rief Mr. Brindle ihren Hausarzt an und fuhr sie dann in die Praxis. Ihr Schmerz war eine intime Sache zwischen ihnen beiden, die sie nicht mit vielen Menschen teilen mußten. Mrs. Brindle hörte zu, während ihr Mann einen grauenhaften Haushaltsunfall schilderte, dann saß sie sehr still, als ihr der Arzt erklärte, daß zwei ihrer Fingernägel entfernt werden müßten. Er werde ihr zuerst zur Betäubung Ringinjektionen geben – sehr passend für die Finger – was er seit seinem Studium nicht mehr getan hatte, aber er wolle sein Bestes versuchen.

Mr. Brindle wartete draußen, während die Nadel stach und das Skalpell schnitt und die blau anlaufenden Nägel widerstandslos, erstaunlich leicht abgelöst wurden. Einen Augenblick dachte sie daran, wie zerbrechlich sie erschaffen war. Dann wurden ihre Verletzungen verbunden, geschient, in dicke, saubere Stoffklumpen verwandelt. Hinterher sah ihr der Arzt lange ins Gesicht, aber sie konnte ihm nichts erzählen, obwohl sie beide wußten, daß sie es eigentlich wollte.

Seltsamerweise rief die Küche fast nie die Erinnerung an jenen Tag wach. Mr. Brindle hatte ihr Blut selbst von der Schublade gewaschen, und sie mußte genau hinsehen, um den Abdruck im Holz zu erkennen. Jetzt war es bloß noch der Aufbewahrungsort für ihre Geschirrhandtücher: weicher, sauberer Stoff.

Edward hatte ihre Hand halten können, ohne etwas Besonderes daran zu entdecken, denn sie war jetzt wieder ganz in Ordnung. Zwei Jahre Heilung hatten sie wieder stark und nützlich werden lassen. Sie grübelte nicht darüber nach, was ihr damals zugestoßen war, denn das hatte keinen Zweck. Aber manchmal erinnerte sie sich, was sie gedacht hatte, als sie zuhörte, wie ihre Nägel entfernt wurden. Mrs. Brindle hatte darüber nachgedacht, wie fest sie daran glaubte, daß die Ehe ein

Sakrament sei und daß niemand gegen ein Sakrament verstoßen dürfe. Mr. Brindle behandelte die Ehe nicht wie ein Sakrament. Das bedeutete in vielerlei Hinsicht, in wichtiger Hinsicht, daß sie nicht mit ihm verheiratet war.

Es war böse, so zu denken, oder auch nur seltsam, aber jedenfalls ganz nützlich. Dadurch fühlte sie sich frei genug, bei Mr. Brindle zu bleiben und nachts neben ihm zu liegen und dem Geräusch seiner Haare an der Bettdecke zu lauschen. Innerlich war sie frei. Sie blieb, und sie lag da, und sie wußte, daß sie frei und nicht mit ihm verheiratet war.

Dann schrieb Edward eine Postkarte.

Als er schon beinahe mehr in ihren Gedanken existierte als in greifbaren Erinnerungen an die Wirklichkeit, da sandte Edward ein Lebenszeichen. Fünf Wochen nach Stuttgart schickte er ihr eine Postkarte, die ganze Rückseite vollgeschrieben, auf der eine Nachtansicht Londons zu sehen war und die in einem Briefumschlag steckte.

Liebe Helen,
eine Zeitlang dachte ich, es wäre besser, nicht zu schreiben, aber dann war ich sicher, daß Du auch nicht schreiben würdest. Das stimmte mich traurig. Es tut mir leid, daß ich so rücksichtslos war. Ich dachte, Du verdienst die Wahrheit zu hören, nachdem Du mir die Wahrheit über Dich erzählt hast. Jetzt glaube ich, daß ich mich geirrt habe.
Ich hoffe, es geht Dir gut, und Du bist glücklich, Helen. Schreib mir, wenn Du es nicht bist. Ich schreibe unten noch einmal meine Adresse auf, falls Du sie verloren haben solltest. Schreib mir bitte, wenn Du es nicht bist.

Edward.

Helen steckte die Karte in ihre Manteltasche und ging spazieren. Endlich wurde das Wetter sommerlich, ein feiner Sprühregen fiel aus fast blauem Himmel. Er störte sie nicht. In der Tasche fuhr sie mit dem Daumen über das Hochglanzfoto und dann über die sich diskret rauh anfühlende Seite, die er vollgeschrieben hatte; eine Postkarte im Umschlag, denn die Worte waren nur für sie, und sie hatte einen Mann, und Edward hatte wohl verstanden, daß Mr. Brindle nichts von ihm wußte und daß Edward ihm nicht erst auf die Sprünge helfen sollte.

Sie versuchte zu entscheiden, was sie tun sollte, und konnte es nicht. Eine unangenehme Müdigkeit senkte sich auf sie, und sie entfernte sich weiter und weiter von zu Hause, und sie konnte Edward auf keinen Fall zurückschreiben und konnte es auf keinen Fall bleiben lassen.

Helen ging weiter und entdeckte neue Seiten ihrer Innenwelt. Soweit sie Gott und Seine Ansichten verstand, meinte Er, daß es zwar schlecht von ihr sei, in Versuchung zu geraten, aber noch schlechter, wenn sie enttäuscht war, der Versuchung nicht nachgegeben zu haben. Nichtsdestotrotz war sie traurig, daß sie nicht hoffen durfte, dem schmalen Pfad der Tugend zu entkommen, und daß jetzt, wo sie der Versuchung widerstanden hatte, das bißchen von Gott, das zu ihr zurückgekehrt war, wieder verschwand. Gott mußte sie nicht länger vor unmittelbar bevorstehenden Sünden bewahren, und weil Er sie nicht für Sich wollte, hatte Er sie verlassen. Er hatte sie wieder im Stich gelassen, ohne ihr eine Erklärung zu geben, und das schmerzte sie am meisten.

Sie vermutete langsam, daß Beziehungen womöglich nicht zu ihren Stärken gehörten. Weder mit Gott noch mit ihrem Ehemann gelang es ihr, eine Beziehung zu unterhalten; sie mochte ihre Schwester nicht, ihre Eltern waren beide tot. Übrig blieb nur Edward, und all ihre Bücher – das Buch der Bücher eingeschlossen – rieten von ihm ab. Er war nicht gesund. Das hatte er selbst zugegeben. Er hatte Vorlieben, die sie nicht billigen konnte, und die ihm nicht einmal Freude bereiteten, bloß Macht über sein Leben besaßen. Daß er nicht begehren wollte, was er begehrte, machte seinen Fall um so hoffnungsloser. Dennoch wußte Helen, daß kranke Menschen sich oft gegenseitig anzogen und sich in ihre jeweiligen Krankheiten verliebten, was meist ihre Hoffnungen und ihre Persönlichkeiten beschädigte oder gar zerstörte. Es gab ganze Bücher über jeden einzelnen Schritt dieser Entwicklung und über das Unglück der Menschen, die in solch zwanghaftem Verhalten und in zerstörerischen Beziehungen gefangen waren. Helen fühlte sich zu einem kranken Mann hingezogen; also war sie selbst krank. Edward fühlte sich zu Helen hingezogen; also war er krank. Um Helen stand es sogar noch schlimmer, denn sie wußte, daß er krank war, und begehrte ihn trotzdem. Und doch: für jemanden, der so krank war, fühlte sie sich sehr wohl.

Wieso fühlte Edward sich von ihr angezogen? Das fragte sie sich. Es ging sie auch nichts an, aber sie wollte es doch wissen. Er hatte nicht verraten, warum er ihr schrieb, oder er hatte sich nicht deutlich ausgedrückt.

Ohne es zu merken, war sie wieder an ihrem Gartentor angelangt. Das Gartentor von Mr. und Mrs. Brindle, das den Garten von Mr. und Mrs. Brindle sicherte, der sich um Mr. und Mrs. Brindles Heim erstreckte. Bald schon würde sie in diesem Garten stehen, im Windschatten des Hauses, und die Karte sowie den Umschlag in kleine Stücke reißen und beide verbrennen, während der pulvrige Regen sie immer noch umwehte.

Sie vergrub die Asche.

Liebe Mrs. Brindle,
liebe Helen,
ich werde es nicht noch einmal tun. Nachdem Du mir nicht geantwortet hattest und ich eine angemessene Zeitspanne ab-

gewartet hatte, konnte ich mir keine ausreichende Erklärung für dein Schweigen mehr zurechtlegen. Jetzt schreibe ich wieder, weil weiteres Schweigen Deinerseits mir zeigen wird, daß jede Erklärung bedeutungslos ist. Oder vielmehr, daß ich für Dich bedeutungslos geworden bin und mich selber in Schweigen üben sollte. Der Rest des Briefes wird sich um mich drehen, Du mußt also vielleicht gar nicht weiterlesen.

Natürlich hoffe ich, daß Du es dennoch tust. Ich für meinen Teil bin neugierig. Wenn ich einmal angefangen habe, muß ich weiterlesen. Aber das weißt Du ja. Ich kann mit den meisten Dingen nicht mehr aufhören, wenn ich einmal angefangen habe. Ich kann den Prozeß auf jeden Menschen anwenden, nur nicht auf mich selbst.

Also habe ich mich auf die hergebrachten brutalen Methoden der Rekonditionierung besonnen. Die Brutalität gefällt mir: genau das Richtige, um meinen Selbsthaß zu befriedigen. Wenn es Dich interessieren sollte, ich schaue mir meine Bilder an, nachdem ich mir vorher 6 mg Apomorphin subkutan injiziert habe. Die Injektion verursacht Übelkeit, die nicht durch Erbrechen gelindert werden kann; jedenfalls theoretisch. Ich sollte also meine sexuellen Obsessionen mit Übelkeit assoziieren und nicht mit Orgasmen. Kein Zuckerbrot, nur Peitsche. Ich sehe mir meine Videos an, schnüffele dabei Valeriansäure – widerliches Zeug – und hoffe auch hierbei auf positive Resultate. Diese Exerzitien scheinen schon zu wirken, ich fühle mich zweifellos so einsam wie seit Jahren nicht mehr. Alle alten Freunde verlassen mich.

Ich habe vor, normaler zu werden.

Das klingt beunruhigend, oder? Als wäre ich ein furchtbarer jammernder Perverser. Dabei will ich doch vor allem meine freie Zeit zurück, meine Zeit für Hobbys und Arbeit und für die Menschen, die ich mag.

Ich möchte aufrecht vor Dir stehen und vor Deinen Augen

bestehen können, ohne Scham, wenn ich es so nennen kann. Das klingt nicht besonders überzeugend, und ich wünschte, ich könnte es besser ausdrücken, aber ich kann es nicht.
Das hat natürlich alles wenig mit Deinen Problemen und um so mehr mit meiner Selbstbezogenheit zu tun. Ich habe aber auch für Dich etwas gelesen. Hier ist ein Zitat für dich: »Ne demande donc pas la foi pour pouvoir prier ensuite. Prie d'abord, et la foi inondera ton âme.« Ein Mensch namens Grillot de Givry, mit dem Du Dich vielleicht identifizieren kannst. Er rät, wenn ich mich an einer Übersetzung versuchen darf, nicht um Glauben zu bitten und dann erst zu beten, sondern zuerst zu beten, weil dann der Glaube in deine Seele fließen wird. Das klingt doch sehr ermutigend und ist schon ein paar hundert Jahre alt. Ich bin sicher, Du hast ihn schon gelesen; ich bin sicher, ich bin Dir keine Hilfe. Wie üblich.
Aber vor allem rede ich viel zuviel, weil ich nervös bin. Ich wollte Dir nur etwas mitteilen, das ist alles. Am vierten des nächsten Monats bin ich in Glasgow. Es gibt da ein kleines Zwei-Tage-Symposium, an dem ich teilnehmen könnte. Ich kann aber auch wegbleiben, wenn es gewünscht wird.
Wenn Du mir nicht schreibst und mir weder ein Nein noch ein Ja zukommen läßt, weiß ich nicht, was ich tun soll.
Das ist zwar unfair von mir, aber wahr.

Edward

»Ich dachte nicht, daß du es tun würdest.«

Edward schien glücklich, aber sein Mund war angespannt. Sie hatte jedenfalls den Eindruck. Die zu hell erleuchtete Luft der Krankenhauskantine umschwirrte sie, und Menschen in verschiedenfarbiger Arbeitskleidung liefen umher und taten ihre heilende und pflegende Pflicht. Helen bemerkte, daß sie immer deutlicher die Panik und Erschöpfung anderer Menschen und ihre eigene einsetzende Verwirrung schmecken konnte. Als Gluck zur Begrüßung aufgestanden war, hatte er sehr formell und distanziert ihre Hand geschüttelt. Doch als er ihr in die Augen sah, war er nicht mehr formell, kaum noch höflich.

»Daß ich was tun würde?«

Sie konnte sein Gesicht noch nicht deutlich lesen.

»Schreiben. Natürlich. Darum bin ich doch hier.«

»Sonst wärst du nicht gekommen?«

»Nein.« Sie ertappten sich gegenseitig, wie sie sich musterten, und hörten sofort auf.

»Wirklich nicht?«

»Wirklich nicht.« Seine Stimme klang dünn und ein wenig trotzig. »Entschuldigung, ich wollte nicht patzig sein. Ich mache gar keinen guten Eindruck, und ich will doch –« Er griff mit einer Hand an seinen Kragen und zog ihn vom Hals ab.

»Entschuldigung. Bitte, laß uns spazierengehen. Ich habe mehr als genug von diesem Gebäude gesehen. Ich hätte nie vorschlagen sollen, daß wir uns hier treffen. Da hätte ich dich auch gleich auf den örtlichen Schlachthof bestellen können; würdevolle, intime Atmosphäre am Fleischerhaken. Ach, ich will gar nicht drüber nachdenken. Laß mich ...«

Er schob den Ellbogen über den Tisch, um seine Anekdote einzuleiten. »Weißt du, daß es hier therapeutische Kaninchen gab?«

Sein Gesicht schien ein klein wenig schmaler und ein klein wenig ängstlich. Sie berührte seine Fingerknöchel, bloß um *hallo* zu sagen. Er wagte ein Lächeln. »Kaninchen.«

»Kaninchen?«

»Mhm. Jede Menge. Die Patienten, die an dem Programm teilnahmen, bekamen ein eigenes, das sie umsorgen und lieben konnten, dem sie einen Namen gaben – was man so macht.«

Jetzt lächelten sie beide, als sie sich erinnerten, was man so macht.

»Nett.«

»Ja. Aber bei der letzten Konferenz hat der Catering Service Mist gebaut. Kein Essen für Sonntagabend.«

»Das ist nicht wahr.«

»O doch.« Er erschlich sich ein Flüstern direkt an ihrem Ohr. Die Hitze seines Atems ließ die Bedeutung seiner Worte verblassen. »Die Psychiater haben die therapeutischen Kaninchen aufgegessen. Allesamt.«

Er zog sich zurück, offenbar wieder unsicher geworden.

»Gehen wir.« Sie versuchte, beruhigend zu klingen, während sie sich an die heftige Wirkung seines Atems erinnerte. »Ich meine, möchtest du los?«

»Ja, danke. Und wenn die Kopfklempner hier mich in meiner Abwesenheit *in effigie* verbrennen wollen, ist mir das ganz recht. Das ist genau das, woran sie glauben. Voodoo-Spezialisten. Entschuldige. Ich werde mich nicht noch mal ärgern. Ich werde einfach gehen.«

Edward stand auf und schob seinen Stuhl geräuschvoll zur Seite, wobei er ihn böse ansah, weil er ihm den Weg versperrt hatte. Helen trat zu ihm und rieb ihm die Lendenwirbel.

»Oh.« Er klang, als hätte er Schmerzen. »Das ist ... danke. Aber –«

Sie hörte auf, bevor er sie darum bitten konnte.

»Nein, hör nicht auf!« Edward nahm sanft ihre Hand und legte sie wieder auf seinen Rücken. Helen massierte wieder seine Wirbelsäule und fragte sich, wie sie das eben ganz unbewußt gemacht hatte.

»Edward?«

»Ja.« Er schaute nach vorn und blickte herausfordernd in den Speiseraum.

»Geht es dir gut?«

»Ich ...« Er legte den Arm um ihren Rücken. Sie hörte auf, ihre Hand zu bewegen, und hielt ihn nur. »Es geht mir gut, ja. Ich bin bloß zu wütend, weil ich den ganzen Vormittag mit Pharmavertretern zugebracht habe.« Er starrte immer noch geradeaus, aber der Druck von seinem Arm wurde stärker. »Weißt du, was ich im *Who's Who* als Hobbys angegeben habe?«

»Nein.«

»Über klassisches Ballett und über Pharmavertreter lachen.«

»Sieh an.« Das war eine ziemlich dumme Antwort, aber sie hatte noch nie jemanden getroffen, der im *Who's Who* verzeichnet war, und sie hatte Edward noch nie so lange im Arm gehalten, also konnte sie nichts anderes als Dummheit aufbieten.

»Der ganze Raum ist voll mit Vertretern. Also sollten wir vielleicht nicht so herumstehen ...«

»Warum nicht?«

»Es erregt sie.«

»Sind sie leicht erregbar?«

»Sie führen sonst ein sehr zurückgezogenes Leben. Schau sie dir doch an – sind das Gesichter, die auf Frauen wirken?« Er hob seinen Arm, streifte noch ein letztes Mal ihr Rückgrat und brachte es zum Kribbeln. »Ich glaube nicht. Wie geht es dir?«

»Ganz okay.« Sie wollte noch nicht beiseite treten, weil sie ihn nicht wieder auf diese Weise berühren können würde.

»Nein. Ich habe gefragt, ›Wie geht es dir?‹« Endlich sah er sie an.

»Müde.«

»Ich habe dich wieder um den Schlaf gebracht, nicht wahr? Weil ich ein blöder Arsch bin, das läßt sich manchmal eben nicht verbergen. Ich hätte dir nicht –«

»Ich bin nach Hause gekommen. Zu Hause schlafe ich nicht.«

»Okay. Aber du siehst gut aus. Vertrau mir, ich bin Arzt. Du siehst wirklich gut aus.« Er beugte sich herab und küßte sie auf die Wange, dann zog er sich zurück, bevor sie reagieren konnte.

Sie verließen das Krankenhaus gemeinsam und gingen die Great Western Road hinunter, in Richtung des Botanischen Gartens und der Innenstadt. Kunstvoll arrangierte Inneneinrichtungen zeigten sich hinter Salonfenstern, und Gluck war die meiste Zeit still, auch wenn er sich hin und wieder von den calvinistisch grauen, pseudo-klassizistischen Fassaden beeindrucken ließ.

»Das ist wirklich schön. Gar nicht wie London.«

»Nein, gar nicht wie London. Das hier ist böses altes Geld, aber mit gutem altem Geschmack, weil das hier Schottland ist. Wir haben Geschmack.«

»Bist du Nationalistin?«

»Nein, Realistin. Es stimmt einfach.«

Helens Gedanken stolperten auf der Suche nach nützlichen Sätzen, und ihr fiel auf, daß sie jetzt schon beinahe dahinstapften – der Weg war viel zu lang für einen einladenden oder gemütlichen Spaziergang. Sie machte es falsch, machte so viele Sachen falsch.

Gluck atmete scharf ein. »Ich bitte um Entschuldigung.«

»Wofür?«

»Für meine Laune. Psychiatrische Anstalten machen mich immer nervös ... nein, wütend. Und das ist gar nicht klug – ausgerechnet dort sollte man nicht den Eindruck erwecken, daß man dringend ruhiggestellt werden müßte, und so wirke ich immer. Und das ist ... es ist kein Vergnügen, dann meine Gesellschaft zu ertragen. Das ist sehr unattraktiv, und ich wäre viel lieber ...«

»Attraktiv.«

»Ja, jetzt, wo du es sagst ... wahrscheinlich. So was in der Art.«

»Du bist attraktiv.«

»Das habe ich jetzt nicht gesagt, damit du –«

»Ich weiß. Das ist ein Grund, warum du es bist. Attraktiv. Entschuldigung, ich sollte so etwas nicht sagen.«

»Nein. Wahrscheinlich nicht.«

Edward ging ein wenig voran. Es war ihr bisher nicht aufgefallen, daß er wahrscheinlich ihretwegen seinen Schritt verlangsamt hatte.

Jedesmal, wenn ein Bus vorbeidröhnte, wollte Helen sich für den Lärm, für die Störung entschuldigen, dafür, daß das bißchen gute Stimmung, das sich zwischen ihnen entwickelte, wieder zerstört wurde. Nicht, daß sich tatsächlich irgendeine Art von Stimmung entwickelte. Dies war ihre Heimatstadt, sie müßte ihn doch willkommen heißen und ihm auf unterhaltsame Weise die Stadt zeigen, die er noch nie gesehen hatte, aber sie konnte es nicht. Sie hoffte auf eine Eingebung, die ihr den Weg zu leichterer, gefahrloser Konversation ebnen würde, aber es kam keine. Die Haut über ihren Augenbrauen fühlte sich verkrampft und empfindlich an.

»O Gott, es ist einfach furchtbar. Tut mir leid.«

Sie bemerkte, daß sie Edwards Hand hielt, seine gekrümmten Finger sanft umschlossen hatte. Sie waren stehen geblieben, und er sah sie ausdruckslos an. Seine Lippen waren schmal.

»Ach, ich wollte damit nicht sagen – ich hasse Small talk. Wenn man Konversation *machen* muß, kann man es auch gleich lassen. Aber ich möchte ›Konversation machen‹. Ich meine, ich möchte mit dir reden. Ich weiß nicht, wie das geht. Weißt du, wie das geht?«

Edward zog seine Hand aus ihrem Griff und umschloß ihr Gesicht mit seinen Händen. Er berührte sie am Kiefer und an den Wangen. Seine Finger waren kühl, besonders da, wo sie ihren Hals berührten. Er hielt sie fest, aber er zitterte leicht. Sie hatte das Gefühl, daß unter ihrem Brustbein eine Flüssigkeit hervorbrach; sie brandete auf und zerstob, verlor sich in einem gespannten, trügerischen Frieden. Sie sah ihn an, und er sah sie an, sie standen so, daß sie nichts anderes tun konnten, auch wenn das beinahe unerträglich war. Als Edward zu sprechen begann, konzentrierte Helen sich auf seine Lippen, um sich zu sammeln, aber das funktionierte nicht. Er hatte gutaussehende Lippen.

»Helen, wir haben einfach vergessen, daß wir einander kennen. Das ist alles, glaube ich. Nein, nicht ganz. Ich fürchte, ich muß dir widerwärtig vorkommen – so wie ich mich heute benommen habe –«

»Nein, wirklich –«

»Dann eben wegen Stuttgart – wegen der Sachen, die ich dir erzählt habe – was ich tue –, und ich merke, daß ich noch mehr für dich empfinde, wenn ich dich vor mir sehe, als ich schon empfunden habe, als ich nur an dich gedacht habe, und ich will nicht widerwärtig sein und, um Himmels willen, Helen, ich bin auch bloß ein Genie, ich kann mit so was nicht umgehen. Daß ich verwirrt bin, meine ich«, er rieb seine Stirn, »ich bin nicht gerne verwirrt.«

»Das kann ich nachvollziehen.«

Sie berührte seine Hände, nur um sie zu berühren, und er ließ sofort ihr Gesicht los. Das war schade.

»Also eigentlich wollte ich dich in den Botanischen Garten schleifen ...«

Seine Hände zogen an ihren, als sie diese wieder heben wollte, Handflächen, Daumen, Finger, zum Leben erwacht und der Größe des Mannes angemessen.

»Der Garten ist in die Richtung ... und ich wollte dir die Eichhörnchen zeigen, dabei sind das doch eigentlich bloß Ratten mit Dauerwelle, und noch dazu frech. Ich glaube, das sollten wir lassen. Ich glaube, ich gehe besser nach Hause.«

»Wirklich?« Er versuchte, nicht verletzt zu klingen, so wie er sich nichts anmerken ließ, als sie *nach Hause* sagte. Er wußte nichts über ihr Zuhause und über Mr. und Mrs. Brindles unterschiedliche Definitionen dieser Bezeichnung.

Sie drückte und kitzelte seine Handflächen. »Das war die falsche Reihenfolge. Entschuldigung. Ich gehe nach Hause, um danach wieder auszugehen. Gleich am Ende dieser Straße ist ein großes Hotel mit einer Bar. Das findest du ganz leicht, und wir treffen uns da um ... ich werde versuchen, zu kommen und mich da um acht Uhr mit dir zu treffen. Wenn ich nicht pünktlich bin, heißt das, daß ich nicht weggekommen bin, dann brauchst du nicht zu warten. Tut mir leid, daß ich dir nichts Konkreteres sagen kann. Ich werde es versuchen.«

»Ich verstehe.«

»Wie geht's deiner Schwester?« Mr. Brindle saß in Mr. Brindles Sessel und schaute sich in Mr. Brindles Fernseher den Fußball am Samstagnachmittag an. »Immer noch deprimiert?«

»Ja. Es geht ihr gar nicht gut.«

Obwohl sich im Wohnzimmer fast nichts verändert hatte, sorgte die Anwesenheit Mr. Brindles für Unordnung und mürrische Atmosphäre und ließ sie wie einen Eindringling erscheinen.

»Sie muß sich mal am Riemen reißen. Sie kann nicht erwarten, daß ihr ein Leben lang jemand zu Hilfe kommt. Auch wenn ihre Schwester gern die verdammte Heilige spielt.«

Sie wußte genau, daß er sich seit dem Mittagessen kaum bewegt hatte: Er saß da in seinen alten Jeans und dem Sweatshirt und Strümpfen. Er trug weiße Socken. Ein Tag im Haus in weißen Socken ohne Pantoffeln, und man kann sie wegschmeißen.

Während sie sich in der Küche zu schaffen machte, rief sie ihm zu, was sie zu sagen hatte.

»Hättest du was dagegen –«

»Was will sie jetzt schon wieder?«

»Ich muß nicht.« Sie füllte den Wasserkocher, stellte ihn an, lehnte sich an den Türrahmen und starrte Mr. Brindle auf den Hinterkopf.

»Du mußt was nicht?«

»Samstagabend allein – da fühlt sie sich so einsam.«

Er drehte sich zu ihr um. »Und ich etwa nicht?«

»Ich muß nicht.«

»Ach, geh nur. Warum nicht? Warum nicht?« Er winkte sie zu sich, bis sie neben ihm stand und er seinen Arm um ihre Schenkel schlingen konnte. »Kommst du spät wieder? Du brauchst doch nicht lange zu bleiben.«

»Nein, ich komme nicht allzuspät wieder. Ich muß auch gar nicht gehen.«

»Ich schaue mir den Film im Fernsehen an. Ausnahmsweise

mal was Anständiges. Richte ihr meine besten Grüße aus. Ho, ho.«

»Ja sicher.« Sie beugte sich hinunter, um ihn zu küssen, und als ihre Lippen seine Wangen erkannten und sie den Schlaf an seiner Haut roch, wußte sie genau, daß sie ihn betrog. Kuß und Verrat. Sie hätte nie gedacht, daß es schon so weit mit ihr gekommen war, aber es sah so aus, als sie sich zu ihm neigte, biblische Verdammnis im Nacken wie kaltes Leder – ein Kuß, der Vertrauen verrät.

Mr. Brindle schaute zu ihr hoch, lächelte und streckte sich, um ihren Kuß mit seinem zu beantworten.

Helen hatte sich für ihre Schwester angezogen, die nicht in Glasgow war und die sie nicht besuchte, was bedeutete, daß sie nicht für Edward angezogen war, nicht einmal für eine Hotelbar. Sie kam sich unrettbar häßlich vor, als sie ihre Augen nach dem ziemlich beeindruckenden farbenprächtigen Sonnenuntergang auf das schummrige Licht der Bar einstellte. Das letzte Mal, daß sie so dagestanden und nach jemandem gesucht hatte, der womöglich nicht da war, war sie höchstens zwanzig gewesen. Vielleicht sah es so aus, als würde sie die Abwesenheit eines Partners bloß ausgefeilt vortäuschen, um sich dann dem ganzen Raum anzudienen. Sie wußte, daß sie schon einschätzende und wahrscheinlich abschätzige Blicke auf sich zog, während sie versuchte, sich gelassen umzudrehen und alle Tische zu überprüfen, an denen Edward sitzen könnte. Sie kam etwas zu spät; vielleicht war er schon gegangen.

Wenigstens kam niemand hierher, den sie kannte, keine Gefahr. Niemand, den sie kannte – daran gab es nichts zu rütteln. Mr. Brindle hatte dafür gesorgt, daß sie eigentlich niemanden kannte: bloß den Mann aus dem Zeitungsladen und den Schlachter und die ganzen anderen Menschen, bei denen sie Mr. Brindles Geld ausgab. Sie konnte sich nicht erinnern, wann sie den Kampf um ihre letzten Freunde aufgegeben hatte. Was auch immer sie ihr geben konnten, Mr. Brindle ließ sie viel teurer dafür bezahlen. Einige der Kirchen riefen ab und zu an, aber in letzter Zeit nicht mehr.

»Entschuldigung, habe ich dich erschreckt? Du hast zweimal durch mich durchgeguckt.«

Die Besatzung der Bar wandte sich wieder ihren verschiedenen Beschäftigungen zu, und sie ließ sich von Edward an einen Tisch an der hinteren Wand führen. Ein lächerlich greller Punktstrahler warf kreisförmiges Licht auf die Tischplatte. Wenn sie sich vorbeugten, wurden ihre Gesichter entweder völlig ausgebleicht oder warfen dramatische Schatten.

»Ich habe mich verspätet.«

»Ich weiß. Ich wollte gerade gehen.«

»Wirklich?«

»Nein. Ich wollte gerade anfangen, mich zu betrinken. Ein langer, trauriger Abend mit nichts als der Flasche als Gesellschaft. Erzähl mir von dir, Helen, wie geht es dir? Hat irgendwas geholfen von dem, was ich dir vorgeschlagen habe?«

Sie hatte erwartet, daß Edward sich darüber ärgern würde, daß sie seinen Prozeß aufgegeben hatte und ihre Nächte wieder mit dem Tod verbrachte. Aber er war nur traurig. Ab und zu, wenn sie ein Detail ihres häuslichen Lebens erwähnte, überfiel ihn ein Schauer des Unbehagens, und er schloß die Augen oder schaute weg. Edward fand ihr Leben viel unangenehmer, als es ihr selber vorkam.

Wenn er sie etwas fragte, tat er das behutsam, aber präzise, so daß sie ihm ohne Ausflüchte oder Auslassungen antwortete. Vielleicht eine Stunde lang dachten sie gemeinsam, so als würden sie zusammen träumen, oder voneinander.

Als sie nichts mehr zu sagen hatte, durfte sie zusehen, wie er sie zu einem Teil seiner Arbeit machte, ein Bestandteil dessen, was ihm am nächsten war und was am hellsten strahlte.

Sein Gesichtsausdruck erlosch, er sank tiefer als in den Schlaf, in eine einsame Betrachtung, die die Farbe aus seinen Augen sog und sie zu einem dunklen Etwas zusammenzog, welches nur sah und sah und sah. Seine Stimme sank tief in seine Brust. Er riß Seiten aus seinem Notizbuch, beschrieb sie mit kleinen, sauberen Druckbuchstaben und gab sie ihr. Er bat sie, bestimmte Anweisungen zu wiederholen, und sie tat es – als legte sie Treueide auf ein Land ab, das sie erst noch erschaffen wollten. Zum Schluß brachte er sie zum Lachen.

»So ist es besser. Ich habe nichts gegen Ernsthaftigkeit, aber Feierlichkeit geht zu weit. Und ich bin sowieso schon verkrampft genug. Ich will es doch nicht wieder vermasseln.« Er holte unnötigerweise Luft. »Sonst habe ich nichts vorzuschlagen, aber jetzt habe ich wenigstens das Gefühl, ich habe meine Pflicht getan.«

Helen ließ den Kopf sinken, und sie konnte nicht verhindern, daß ihr Lächeln ins Graue verblaßte. »Ich wußte nicht, daß ich eine Pflicht bin.«

Er griff sofort nach ihrer Hand, aber dann berührte er sie doch nicht. »Bist du nicht. Siehst du – ich vermassele es schon wieder. *Das* war meine Pflicht, *du* bist es nicht, und jetzt kann ich *mit* dir reden, statt bloß *über* dich. Ich meine, das hier hätte ich dir auch in einem Brief schreiben können.« Er tippte mit dem Finger auf den Stapel Zettel. »Oder etwa nicht?«

»Mm hm.«

»Aber das wäre nicht so schön gewesen.«

»Nein.«

»Sieh mich an. Okay. Wollen wir uns jetzt amüsieren? Ist das jetzt das Richtige?«

Helen lehnte sich eine Weile zurück und ließ einen Schwindelanfall vorübergehen. Sie konnte nicht mehr sagen, was das Richtige war. Sie wußte nichts mehr, außer, was sie wollte, und was sie wollte, hatte nichts mit wissen zu tun. Sie überlegte, was sie wohl davon abhalten könnte, etwas Schlechtes zu tun, oder was ihren moralischen Halt noch weiter untergraben könnte, und sagte: »Du könntest mir von dir erzählen.«

»Wie meinst du das?«

»Wir haben über meine Probleme geredet ...«

Er stieß einen halben Seufzer aus. »Wie ich in meinem Brief geschrieben habe, ich habe die ganzen schmutzigen alten Tricks ausprobiert, gegen die ich gerade den ganzen Morgen zu Felde gezogen bin: Drogen, die Übelkeit erregen, üble Gerüche, Elektroschocks –«

»Elektroschocks?«

»Helen, wenn es helfen könnte, würde ich mir auch mit einem Hammer den Schädel einschlagen, während ich mir schmutzige Videos anschaue. Jeder unangenehme Reiz ist in Ordnung. Das Problem ist ... willst du das wirklich hören? Ich könnte nämlich eventuell eine Art von Vergnügen dabei empfinden, die gar nicht gesund ist.«

»Das glaube ich nicht.«

»Weil du an die Kraft der Beichte glaubst?«

»Weil ich glaube, daß du dich ändern willst. Und vielleicht ... bin ich neugierig.«

»Neugierig. Dann sollte ich natürlich kein Detail auslassen.«

Das kam sehr hart und spröde heraus. Sie hatte vergessen, wie leicht sie ihn verletzen konnte und wie wenig sie das wollte.

»Ich meine nicht –«

»Nein, nein, schon gut. Du bist neugierig, das ist in Ordnung.« Er starrte auf die Tischplatte und begann mit einem leisen, scharfen Monolog. »Womit soll ich anfangen? Wie oft ich am Tag onaniere? Im Durchschnitt? Sechsmal. Alles andere muß nach dieser Zahl ausgerichtet sein: wo ich hingehe, wie lange ich dort bleiben kann, wie ich arbeite, welche Entschuldigungen ich mir ausdenke, um mal zu verschwinden, welches

Material ich kriegen kann, das mich noch erregt, das mich noch stimulieren kann, wo ich doch schon jede mögliche Perversion gesehen habe. Hast du schon mal nachts, wenn du eigentlich Hausarbeiten korrigieren solltest, einem Deutschen Schäferhund zugesehen, wie er Hundefutter von einer Möse leckt und sie dann fickt? Guter Film, hervorragende Kritiken – wenn du dieselben Zeitschriften liest wie ich.«

Er war nicht auf sie wütend; sie mußte sich daran erinnern, daß er nicht auf sie wütend war.

»Oder der Typ, der am liebsten die Faust benutzt, er steckt sie bis zum Handgelenk rein, er bevorzugt Mösen, und das Blut stört ihn nicht im geringsten. Vielmehr *steht* er geradezu auf Blut, und ich stehe *überhaupt* nicht auf irgendwas in der Art, aber ich muß es trotzdem anschauen, weil sonst nichts mehr wirkt. Ich schau Männern zu, wie sie sich Perrierflaschen in den Arsch schieben, und ein Teil von mir hofft, daß die Flasche nicht zerbricht, aber nur ein kleiner Teil, denn der Rest schaut gierig zu. Ich muß immer zuschauen. Egal wobei. Sogar wenn es weh tut. Weißt du, wie oft man sich einen runterholen kann, bis es weh tut? Ich weiß es genau, aber das hält mich nicht auf. Manchen Drogenabhängigen geht es im Entzug so ähnlich. Ich habe Bücher darüber geschrieben: ein faszinierendes Phänomen, daß man sich immer wieder zwingt, abzuspritzen, obwohl man jedes Mal schreien möchte, wenn man Hand an sich legt. Aber ich will nicht übertreiben, das passiert nur ungefähr einmal im Monat.

Und ich kämpfe dagegen an, ich versuche es, ich tue, was ich kann mit dieser Aversionstherapie ... Aversion – das ist wirklich ein Witz. Ich befolge jede Vorschrift, nehme jedes magische Gebräu und jeden Trick, der für die Konditionierung nötig ist, aber ich verabscheue ohnehin schon, was ich tue. Ich könnte es nicht aus tieferer Seele hassen, und trotzdem mache ich weiter. Mein Gott, langsam gefallen mir sogar schon die

Elektroschocks – ich verbinde die Stromstöße mit dem Moment der Ejakulation. Immer noch neugierig?«

»Eins ist ja klar: Wenn du wütend sein willst, dann bist du nichts anderes.«

»Was?«

»Mr. Brindle macht das die ganze Zeit: Er wird wütend. Man wird es statt dessen. Ich weiß nicht, was er wirklich fühlt, aber statt dessen wird er wütend. Ich glaube, du willst dich nicht schämen.«

Edward schlang die Arme um die Brust, atmete aus und atmete wieder ein. »Zehn von zehn Punkten. Genau ins Schwarze. Du könntest noch hinzufügen, daß ich auch nicht gerne Angst haben möchte. Aber natürlich habe ich Angst.«

»Warum?«

»Warum?« Seine Stimme klang dünn und überrascht. »Weil ich nicht möchte, daß du gehst.«

»Das ist doch ... etwas Gutes.«

»Das muß nicht so bleiben.«

»Mm hm.«

»Und ich brauche dich. Du bist ein Heilmittel. Sogar das beste. Ich weiß genug über Schmerz und Übelkeit – ich weiß alles darüber –, aber wenn ich mit dir rede, dann erinnere ich mich später auch daran. Wenn ich ein Magazin aufschlage, wenn ich ein Video reinschiebe, dann denke ich an dich, und ich kann nicht ... ich schäme mich zu sehr. Das ist gut. Erniedrigt zu werden.«

Edward rieb sich den Nacken und griff dann wieder nach ihrer Hand. Diesmal nahm er sie und zog sie über den Tisch zu sich heran. Helen rückte ein wenig zu ihm, während er mit dem Daumen über ihre Fingerknöchel fuhr, die Hautfalte zwischen den Knöcheln drückte und ins Innere ihrer geschlossenen Faust vordrang.

»Du glaubst gar nicht, wie leicht man damit anfangen kann.

Ich war gerade zurück aus Amerika, sehr jung, sehr vielversprechend, und ich hatte einfach keine Zeit für jemand anderes in meinem Leben. Ich war vollauf beschäftigt, ein Genie aus mir zu machen, und ich merkte, wie leicht das ging, und für alle anderen notwendigen Dinge war so wenig Zeit, ich habe häufig überhaupt nicht geschlafen. Aber ich war trotzdem nicht gefühllos oder ohne sexuelle Regungen – ich war immer so wie die meisten Menschen – und hatte das Bedürfnis nach anderen Menschen. Ich wollte oft lieben.

Ich hatte nie das Gefühl, daß käufliche oder gemietete Dienste das Richtige für mich wären. Nicht, daß ich Skrupel hätte; ich hatte bloß Angst vor Krankheiten und vorm Erwischtwerden. Die Bücher und Hefte konnte ich in meinen Zeitplan einbauen, das schien einfach sehr praktisch und nicht so peinlich. Ich hatte natürlich zu dem Zeitpunkt keine Ahnung, daß mir mal Paketdienste zwielichtige diskret verpackte Dinge ins Haus liefern würden, nur mir persönlich auszuhändigen, und nicht nur ins Haus, sondern auch in jedes Institut oder Hotel, in dem ich mich je aufhalten würde.

Es muß übrigens ein Paketdienst sein – die Post Ihrer Britischen Majestät befördert Literatur meiner Provenienz nicht –, Literatur der illegalen Art. Da gelten dieselben Regeln, die einem auch verbieten, Scheiße zu verschicken. Obszönes und sittenwidriges Material.

Mein Leben ist weder aufregend noch exotisch – es ist nur ungeheuer peinlich.«

Er griff nach seinem Glas und stellte fest, daß es leer war. Das schien ihn zu verwundern.

»Habe ich das getrunken?«

»Ja, ich glaube schon. Edward, du willst dich ändern. Das muß doch ein Unterschied sein. Du wirst herausfinden, wie es geht, und es wird funktionieren. Du bist ein Genie – dazu bist du doch da.«

»Ja, sicher.« Er starrte mißmutig auf die kleinen Eiskügelchen, die noch in seinem Glas lagen, und schüttelte sie.

»Ich würde dir so gern helfen.«

»Du hilfst mir schon. Wirklich – du hilfst mir jetzt schon. Ich bin ohne irgendwelchen Schund nach Glasgow gekommen, und ich habe es ausgehalten. Das sind ... seit über vierundzwanzig Stunden habe ich mir nichts mehr angeschaut.«

Er suchte in ihrem Gesicht nach Verständnis. »Das habe ich seit Jahren nicht mehr geschafft. Das bedeutet natürlich noch nicht viel; ich könnte mich an genug erinnern, wenn ich wollte.« Sie sah, wie er über sich selbst die Stirn runzelte, und wünschte, es wäre nicht nötig. »Aber ich habe es nicht getan. Ich bin ... ruhig gewesen. Ich habe statt dessen an dich gedacht.« Er berührte rasch ihren Arm. »Was du wohl denken würdest, meine ich, an deine Mißbilligung. Ich hätte dich erst fragen sollen, ob ich das darf, oder? Ob ich an dich denken darf?«

»Es sind deine Gedanken, du kannst denken, an wen du willst. Und ich habe doch gesagt, daß ich dir helfen will.«

Er küßte sie auf den Kopf. »Du bist so gut; wirklich.« Sein Gesicht sah schrecklich einsam aus, und ein hungriges Leuchten war darin. »Das mag jetzt nicht besonders beeindruckend klingen, aber ich bin durch zwei verschiedene Bahnhöfe gelaufen und habe nichts gekauft. Und schließlich kaufe ich auf Reisen bevorzugt an diesen Orten ein.« Er lachte dumpf. »Moralischer Verfall bestimmt meine Reiseroute stärker als jedes Reisebüro. Auf dem Kontinent und in Amerika habe ich immer eine zusätzliche Reisetasche dabei – offiziell für Berichte und Forschungsmaterial – aber ich schleppe darin nur meinen geliebten Schmutz und Schund nach Hause. Manchmal kriege ich Ärger am Zoll.

In Großbritannien habe ich eine besondere Schwäche für Bahnhöfe. Sie haben so etwas Romantisches«, er lächelte nicht,

»und da habe ich auch angefangen, denn sie sind einfach ideal. Sie haben alles, was ich brauche: *Die Geschichte der* O, Wahre Berichte von Sexualverbrechen, bebilderte Krankheitsgeschichten, *Justine*, Magazine vom obersten Regal, die man bündelweise kaufen kann, weil einen niemand kennt und weil es niemanden interessiert, und wenn es jemanden stört, bleibt es nicht an dir hängen. Das ist Niemandsland, es zählt nicht, also kann ich sein, was ich will – nämlich widerlich. Ich kann ganz offen sein, wie ich bin.«

»Du bist nicht widerlich.«

»Das ist nett von dir und leider völlig unrealistisch.«

»Edward, bitte.«

Er legte seine Hand auf ihre, und sie spürte, wie er sich aufwärmte und seine Kälte sich sacht von ihm hob. Sie hörte, wie er sich räusperte, um dann dicht an ihrer Wange zu flüstern. »Heute in Glasgow bin ich vom Bahnsteig direkt zum Taxi gelaufen, ohne überhaupt nach der Buchhandlung zu suchen, nicht ein Blick. In meinem Hotel gibt es keinen Softporno-Kanal. Ich habe nachgeschaut. Ich glaube, es *gibt* hier überhaupt keine Sex-Shops, nach denen ich suchen könnte. Also bin ich ziemlich ungefährdet. Nein.« Er hielt inne, um ihre Wange seine Lippen streifen zu lassen. »Ich bin völlig außer Gefahr – du bist hier. Also werde ich mich gut benehmen.«

Sie legte ihm den Arm um die Schultern, weil sie mußte, und weil es richtig schien. Edward lehnte sich zurück und gegen sie. Sie spürte sein Ausatmen und das unerwartete Strecken und Reiben des Nackens. Das erstaunliche Gewicht seines Kopfes rollte auf ihren Arm.

»Müde?«

»Sogar völlig erschöpft.«

Helen genoß das tröstliche Wohlgefühl, das sie in der Beinahe-Umarmung mit diesem Mann verspürte, die Bewegung seiner Knochen, seinen Atem. Ein Gefühl, das an Furcht erinnerte, kribbelte in ihrem Rücken, drohte kurz und zog sich dann wieder zurück.

»Es ist seltsam.« Helen redete nicht, um etwas zu sagen, sondern nur, um zu sprechen, um eine Trennung zwischen ihnen aufrecht zu erhalten, eine Grenze aus Worten. »Es ist seltsam.«

»Das kannst du laut sagen.« Edward probierte zu kichern, und dann wiegten sie sich beide in seine Bewegung, lange nachdem das Geräusch verklungen war. »Aber das hast du ja auch, nicht wahr? Immer vorausschauend.« Sein Nacken rieb wieder an ihrem Arm, fühlte sich bei ihr ganz zu Haus, schläfrig und irgendwie beunruhigend. »Oh, Helen. Du bist ein guter Mensch. Was hast du hier mit mir zu suchen?«

Sie drehte sich um und erwiderte seinen Blick, konnte ihm aber nicht standhalten. »Ich bin da, wo ich sein will. Und ich bin gar kein so guter Mensch. Ich tue bloß nicht oft, was ich will.«

»Ist das, was du willst, denn schlecht?«

»Manchmal.«

»Wie schlecht?«

In ihrem Hinterkopf leuchtete kurz etwas auf, ein umherirrender Suchscheinwerfer. »Ich weiß nicht.«

Obwohl er sehr leise, sehr sanft sprach, fühlte sie, daß Edwards Stimme seine Rippen beben ließ. »Du mußt es doch wissen, du willst es doch.«

Helen zog ihren Arm hinter seinem Rücken weg und lehnte sich nach vorn auf den Tisch. »Als ich zur Schule ging, habe ich alles über Geschlechtskrankheiten nachgelesen. Die waren so furchterregend, und das auf passende Weise: syphilitische Aneurysmen zum Beispiel, die werde ich nie vergessen. Wenn man schlechten Sex hat, falschen Sex, dann blähen sich die Blutgefäße in der Brust auf, bis sie platzen. Man explodiert von innen, wegen der schlechten Taten; wegen der Männer und der schlechten Taten, und das schien nur gerecht.«

»Man kann Syphilis nur von jemand anderem mit Syphilis

bekommen.« Er versuchte, wie eine Autorität zu klingen. »Ich meine, das ist eine ... Tatsache.« Aber am Ende stammelte er nur noch Konsonanten. »Eine feststehende ... Wmhmn.«

»Ich weiß, ich sage ja bloß, als ich jung war, hatte ich immer Angst, ich würde mich aufblähen und platzen, wenn ich zuviel daran denke, an Männer, meine ich. Alle erzählten mir, wie schlimm Sex sei und daß Männer zu allem bereit wären, und ich habe mich immer gefragt, was ›alles‹ wohl sein könnte – wie es sich anfühlte – und dann hatte ich Angst, daß ich platze.«

»Aber du bist nicht geplatzt. Du hast wohl nicht genug schlimme Dinge gedacht.«

»Anscheinend nicht. Aber ich habe ja noch Zeit.«

»Stimmt. Und ich bin natürlich ein schlechter Einfluß.«

»Ja.«

Ihr Schweigen überraschte sie beide und machte sie plötzlich wehrlos. Edward streichelte sacht ihren Arm und sah ihr ins Gesicht.

Sie dachten einen Moment nach und kamen dann überein zu einem Kuß, ein weicher und fester Kuß mit offenem Mund, an den sie schon sehr oft gedacht hatte, wie sie jetzt feststellte. Ziemlich lange Zeit waren sie entrückt – zuviel Atem, der galoppierende Puls in seiner Kehle, die sanfte Hitze unter seinem Kragen, seine ganze, vollständige Gestalt, die ihre berührte – Edward war nicht unvorsichtig, nicht unhöflich. Sie überstürzten nichts, doch es zog sie schmerzhaft zueinander, der Macht plappernder Neuronen und ungezogener Elektrizität ausgeliefert.

»Also dann.« Edward streifte sanft eine ihrer Brüste, als er den Arm wieder um sie legte; ein nicht ganz zufälliges, angenehmes Experiment. »Ich hatte gehofft –« Er seufzte sanft in ihr Haar. »Du mußt mir sagen, was wir jetzt machen sollen. Helen? Bist du noch da?«

»Ja. Ja, ich bin – du bist sehr ...«

»Du auch. Sag mir. Was sollen wir tun?«

Seine Hände trafen sich hinter ihrem Rücken und sie hielt ihn fest, als könne er seinen unauslöschlichen Abdruck unter ihrer Haut hinterlassen, wenn sie ihn nur lange genug drückte. Sie konnte und wollte nicht sprechen.

»Helen. Bitte, sag es mir. Ja oder Nein.« Schweigen züngelte zwischen ihnen. »Das heißt Nein, oder?« So wie er es sagte, wurde ihr klar, daß er auf diese Enttäuschung vorbereitet war und begriff, daß er zwar etwas viel Besseres verdiente, daß sie es ihm aber nicht geben konnte.

Sie mußte Edward gerade in die Augen schauen, damit er sehen konnte, daß sie die Wahrheit sagte. »Es müßte alles anders sein, aber es ist nicht anders. Das ist der einzige Grund ...«

»Ist ›alles‹ denn so wichtig?«

»Bitte ... zwing mich nicht, das zu begründen. Ich kann es nicht.«

Aber Edward zwang sie zu nichts, er schüttelte nur übervorsichtig ihre Hand und war zu höflich und rief ihr ein Taxi, obwohl er nur zu Besuch in ihrer Stadt war und das sicher nicht einfach war. Als er zum Tisch zurückkam, sah sie, nahm sie wirklich wahr, wie gut er gekleidet war, wie viel Mühe er sich für sie gegeben hatte, und auch sie wollte sich Mühe geben und ihn nicht so unglücklich verlassen, sie wollte ihn gar nicht verlassen.

»Es tut mir leid, Helen. Schon wieder. Auf intellektueller Ebene kann ich mit jedem ... steche ich jeden aus. Aber wenn es ums Berühren geht –«

»Das ist nicht –«

»Schon gut. Ich weiß. Keine Sorge.«

Er kämpfte mit seinem Mantel, mit einem der Ärmel. Als sie die Hand ausstreckte, um ihm zu helfen, trat er einen Schritt zur Seite. »Nein. Es geht schon.«

Natürlich kam sie zu spät nach Hause.

Helen schrubbte und wusch den Geruch von Edward E. Gluck weg, den körperlosen Duft ihres Zusammenseins. Nur ihre Jacke trug noch eine deutliche Erinnerung an ihn, sie hatte keine Zeit gehabt, sie in die Reinigung zu bringen, oder wollte keine Gelegenheit finden. Doch auch da ließ sein Duft nach; das Zucken in der Magengrube wurde schwächer, wenn sie den Stoff berührte. Das Unmögliche war von kurzer Haltbarkeit.

Kochen war jetzt ihr Trost – ein Segen, vielleicht sogar im Wortsinn. Mr. Brindle war ein äußerst wählerischer Esser, schon immer gewesen. Natürlich mußte Helen ihn zufriedenstellen, aber jenseits dieser Grundanforderung fand sie in der Küche eine Entfaltungsmöglichkeit und einen Zeitvertreib. Die Auswahl ihrer Gerichte hing mehr und mehr vom größeren zeitlichen Aufwand ab. Über Nacht Marinieren, Ziehen und Setzen lassen, Einkochen, Reduzieren, Klären – all das schloß auch Warten mit ein, eine Tätigkeit, die kein Nachdenken erforderte, oder beim Vermeiden des Nachdenkens nicht störte.

Ein gut ausgewähltes Menü bedeutete, daß sie sich, nach Beseitigung der Frühstücksüberreste, wenn Mr. Brindle brav zur Arbeit entschwunden war, den ganzen Tag kleinen Verfeinerungen und Schritten zur Vervollkommnung widmen konnte. Glücklicherweise waren ihre Bemühungen eigentlich regelmäßig von Erfolg gekrönt, und sie hatte das Gefühl, daß sie das Beste aus ihrer Lage machte, daß sie sich Mühe gab mit dem Projekt Mr. und Mrs. Brindle.

Den Frieden am Essenstisch erkaufte sie sich mit kleinen Unfällen. Helen wandte zwar mehr Zeit für die Zubereitung auf, wurde aber gleichzeitig achtloser. Sie konnte sich nicht gut konzentrieren und verbrannte sich ständig an Topfdeckeln, siedendem Karamel oder Wasserdampf. Offene Dosen oder die guten Küchenmesser, die sie vor langer Zeit gekauft hatte – eine Geldanlage und gleichzeitig ein Genuß bei der Arbeit – schlitzten ihr Hände und Finger auf. Sie nahm das leuchtend blaue Pflaster, das bei Küchenarbeiten empfohlen wird, weil es nicht versehentlich unters Essen geraten kann. Wenn Mr. Brindle nach Hause kam, verlangte er, daß sie andere auflegte. Er wollte keine Ehefrau mit lächerlichen Händen.

Aber er wollte eine Ehefrau. Mr. Brindle berührte sie häufiger als je zuvor – jedenfalls, soweit sie sich erinnerte. Wenn sie es am wenigsten erwartete, schlang er ihr plötzlich den Arm um die Hüften, oder er tauchte hinter ihr auf und griff nach ihren Brüsten. Nachts in ihrem Bett kam er ihr nicht mehr nahe, aber sein plötzliches Auftauchen durchzog das ganze Haus. Es war wie eine Flut. Helen erwachte im Wohnzimmer und mußte sofort aufstehen, um den Kopf über der Oberfläche der treibenden Dinge zu halten. Mr. Brindle sprach nicht mehr als sonst, aber sein Schweigen war von anderer Art, es breitete sich hinter ihm aus, wenn er sie verließ. Die Möbel erzeugten eine beklemmende Enge, wie in einem U-Boot.

Liebe Helen,
keine Aversion mehr – nur noch totale Abstinenz. Das entspricht auch viel mehr dem Prozeß: »sanfter und doch schrecklicher«, wie ich zu sagen pflege.
Heute ist mein erster Tag. Ich werde Dir von allen weiteren berichten.

Ich werde nicht lügen.
Ein Tag. Vierundzwanzig Stunden.
In Liebe, Edward.
Und vielen Dank für Deine Hilfe.

Liebe. Ein kleines Wort wie ein Skalpell oder ein Taschenmesser. Sie hatte es nie hinschreiben können, und an der Handschrift war nicht zu erkennen, ob es Edward leichtgefallen war.

Wieder eine Postkarte im Umschlag. Diese verbrannte sie nicht. Die Luft war zu feucht, sie hätte sowieso nicht gebrannt.

Sünder sollten brennen, doch sie ertrank statt dessen, versank in dem, was um sie herum schnell wie der Pulsschlag anstieg, in ihrem Haus, das ohnehin schon unter der Oberfläche lag. Ihr war nie klar gewesen, daß sie so sein konnte, sie war ihr Leben lang nie so eine Frau gewesen. Die Welt und das Fleisch und der Teufel, sie alle hielten Versuchungen bereit, aber das Fleisch hatte ihr noch nie zu schaffen gemacht. Helen dachte normalerweise nicht über ihr eigenes Fleisch nach, und über die unzüchtigen Wünsche ihres Fleisches nach dem Fleisch eines anderen. Helen wußte nichts von Nächten auf dem Meeresgrund, umgeben von den salzigen Geistern Lippe, Zunge, Berührung.

Liebe Helen,
sieben Tage.
Danke.
In Liebe.

Mr. Brindle war ein tüchtiger Esser, aber er wurde nicht dick. Er nahm nur an Dichte zu und wurde still, wie ein Fels im Gezeitenstrom.

Liebe Helen,
beinahe ein Ausrutscher. Nur beinahe.
Achtzehn Tage.
In Liebe, Edward.

Wenn Gott wirklich Gott war, dann konnte Er durch sie hindurchsehen, als wäre sie ein Fenster oder eine russische Puppe aus Glas. Wenn Gott wirklich Gott war, stand Er außerhalb der Zeit, so daß alles, was sie im Leben getan hatte, in ihr aufgeschichtet war wie Roulette-Chips, die sie auf die falsche Zahl gesetzt hatte. Gott kannte sie voll und ganz, die vollständigen Fakten, alles was sie bis zu ihrem Tod tun würde, und entweder, Er hatte ihr jetzt vergeben, oder Er hatte es nicht, und so war es und würde es bleiben, von Ewigkeit zu Ewigkeit, Amen. Was auch immer sie tat, Gott hatte sie schon dabei gesehen.

Manchmal schien von fern, fast spottend, ein Abglanz ihrer guten Furcht, ihrer Gottesfurcht auf, wenn sie an Edward dachte. Das war ihr gestern aufgegangen, als sie Hähnchenkeulen in geräucherten Schinken gewickelt hatte, am selben Fleck wie jetzt, und durch ihr geisterhaftes Spiegelbild in derselben Fensterscheibe hindurchgestarrt hatte. Gestern noch hatte sie fest im gewohnten Unglauben geruht, heute jedoch war sie von überzeugender Angst erfüllt. Von überall hörte sie den metallenen Donner himmlischen Zorns, der mit der wundervollen Klarheit Gottes in ihr Herz schnitt, und dann zog er vorüber, wie jedes Gewitter.

Dreißig Tage.
Liebe Helen,
ein ganzer Monat.
Ich bin glücklich. Ich hoffe, Du auch.
In Liebe, Edward.

Die Griechische Honigpastete schmeckte Mr. Brindle nicht. Der Teig war zu stark gesalzen, was zwar dem Rezept entsprach, nicht aber seinem Geschmack. Er schrie sie nicht an, bat lediglich um etwas Obst und ein Glas Wasser, um den Mund auszuspülen. Sie holte das Gewünschte, so schnell sie konnte, während die starke Strömung an ihren Beinen zerrte und zog.

Helen,
ich habe meinen ersten Monat auf die falsche Art gefeiert.
Bin jetzt wieder bei sechs Tagen. Ich glaube, ich habe daraus gelernt.
Ich habe Dich enttäuscht, oder?
Es tut mir leid.
Edward. Und alles Liebe.
Du verdienst etwas Besseres. Das weiß ich. Ich werde mich bemühen.

Zufälle und Erdbeben waren höhere Gewalt, Eingriffe Gottes. Man führte sie nicht herbei, sie stießen einem zu. Wenn Edward ihr zustoßen sollte, dann war auch er ein Eingriff Gottes. Vielleicht war Gott nicht zufrieden, daß sie hier blieb und nur an Edward *dachte*, während es Gottes Wille war, daß sie bei Edward *sei*.

Es war schwierig, darüber nachzudenken. Helen putzte die Fensterscheiben mit Essig und Zeitungspapier, denn das hinterließ keine Streifen, und dann kämmte sie die Fransen des Seidenteppichs, den sie gekauft hatten, als Seidenteppiche noch viel Geld kosteten. Es war nicht leicht, sich Edward als göttliche Vorsehung vorzustellen. Natürlich war sie nur zu gern bereit, Gottes Willen zu tun, aber als sie merkte, wie sehr, wurde sie unruhig. Helen stellte fest, daß sie offenbar vor Ungeduld brennen konnte, Gott zu dienen.

»Was ich dich schon länger fragen wollte ...«

Helen wusch den letzten Schaum aus der Spüle. Im dunklen Garten draußen sah sie den hellen gelben Kasten, den das erleuchtete Fenster auf den Rasen warf. Sie sah, wie Mr. Brindles Schatten ihren berührte und dann verschluckte.

»Mich fragen?«

»Mhm.« Sein Kinn legte sich schwer auf ihre Schulter, während seine Hände nach unten wanderten und nach ihrem Rocksaum faßten. »Du erlaubst doch, oder?«

»Was?«

»Das.« Er zerrte mit einer heftigen Bewegung ihren Rock hoch und krempelt ihn um wie einen Ärmel, so daß er auf ihren Hüften lag. Dann drängte sich sein Gewicht wieder an sie, umhüllte sie mit dem Stoff, der ihn umhüllte, und brachte sie aus dem Gleichgewicht. Im Schrank unter der Spüle fiel etwas um.

»Du erlaubst doch. Mach die Bluse auf. Nein, laß nur, ich mach's schon, du bist müde. Ich mach's richtig.«

Sie spürte den ersten, heißen Griff. Knöpfe flogen klappernd auf irgendwelche harten Oberflächen. Sie versuchte, sich zu merken, wo sie aufgeprallt waren, um sie hinterher wieder aufzusammeln und sie nicht verlorengehen zu lassen, und Mr. Brindle riß am Stoff ihrer Bluse, schob seine kalten, stumpfen Finger unter ihren BH und zerrte ihn nach oben, drückte ihre Brüste, drückte sie und quetschte sie auch ein bißchen.

»Ist er da draußen? Beobachtet er unser Haus? Wo wohnt er?«

»Ich weiß nicht ...«

»Halt's Maul! Kann er mich jetzt sehen, hier in meinem Haus, wie ich meine Frau anfasse, wie ich meine Frau nehme? Kann er das sehen? Antworte! Kann er das sehen?«

Es hatte keinen Zweck, das zu fragen. »Wer?« Sie wußte, es hatte keinen Zweck.

»Wer? *Wer?* Wer glaubst du wohl, verdammt?«

Sie spürte seine tastende Hand, und dann einen unerwarteten, reißenden Schmerz.

»Edward. *Achtzehn Tage. In Liebe* Edward. *Befummelt meine Frau auf der Straße* Edward. *Holt sich später seinen Fick* Edward.«

Ein letzter Riß, ein scharfer Fingernagel.

»Fühlst du dich jetzt besser? So hast du's doch gern, oder? Das Höschen aus? Hast du nach dem letzten Mal dran gerochen? Ich aber. Du Fotze.«

Es hatte eine Nacht gegeben, in der er sie noch mehr geschlagen hatte, vor vielen Jahren. Damals hatte Helen gewußt, daß sie nichts getan hatte, und hatte sich deshalb besser zur Wehr setzen können. Diesmal konnte sie ihm keinen Widerstand leisten, weil sie schuldig war, und was auch geschah, es hatte so sein sollen. Gottes Wille.

Sie lag in einer Lache auf dem Linoleum und hielt still. Stillhalten war wichtig. Unsichtbar werden. Sie dachte an Unsichtbarkeit.

»Fotze.«

Sie spürte, wie er sie öffnete und hineinspuckte.

»Fotze.«

Sie spürte den Ansatz eines Trittes.

Normalerweise hörte er auf, weil er müde wurde, nicht, weil er aufhören wollte.

»Was ist passiert? Helen?«

»Nichts.« Sie hatte nicht gedacht, daß sie seine Nummer jemals anrufen würde. »Es geht mir gut.« Auch als er sie ihr aufgeschrieben hatte, hatte sein schmerzlicher Blick gezeigt, daß er nicht mit einem Anruf von ihr rechnete. »Ich wollte nur mal anrufen.«

»Ja, das ist … danke. Das freut mich sehr.«

Ihr Atem kam heiß, stoßweise. Sie hatte sich überlegt, was sie sagen würde, aber ihr Plan begann zu wanken.

»Schon gut. Ich wollte … ich wollte wissen …« Der Satz ließ sie im Stich.

»Wo bist du? Und geht es dir wirklich gut, du hörst dich nicht so an. Wo bist du, Helen?«

»Hier.«

Und dann weinte sie. Helen war selbst erstaunt, wie selten sie weinte, aber wenn es sie überkam, weinte sie reichlich.

Edward wollte sie gleich abholen kommen, aber es gelang ihr, zu sagen, sie käme zur U-Bahn-Station Gloucester Road, dort könne er sie abholen. Er sagte, das sei nicht allzuweit von seiner Wohnung entfernt.

Obwohl sie nicht daran zweifelte, daß er dasein würde, sorgte sie sich, daß er zu spät kommen oder sie ihn übersehen oder den falschen Ausgang nehmen könnte. Wenn sie ihn nicht gleich entdecken konnte, dann würde Helen, das wußte sie, wieder zu weinen anfangen, und wenn man in London öffentlich weinte, galt man sofort als verrückt; Wachwechsel am Palast, Raben und verrückte Obdachlose – so war die Hauptstadt. Helen wollte weder obdachlos noch verrückt sein.

Am Drehkreuz konzentrierte sie sich darauf, die Tasche hochzuheben, ihre Fahrkarte ordnungsgemäß einzuführen und erst im allerletzten Moment aufzusehen.

Edward.

Edward, der dies zum Zuhause machte.

Edward, der ihr Sicherheit gab.

Ein fließendes Gefühl durchströmte sie, schmerzhaft und zugleich angenehm.

Edward drängte sich schon durch die Menge, groß und vorsichtig, zerwühlte mit einer Hand sein Haar, er war unbestreitbar da. Er nahm ihr die Tasche ab, nahm ihren Arm, und als sie sich in eine Umarmung fallen ließ und sich an ihm festhielt, da hielt auch er sie fest.

»Hallo.«

»Hallo.«

Es war so viel mehr von ihm da, als sie in Erinnerung behalten hatte, obwohl sie sich bemüht hatte.

»Willkommen in Bailey Park.«

Helen spürte, wie er seine Lippen auf ihr Haar drückte und wußte, daß die Leute um sie herumgehen mußten, daß sie eine Behinderung darstellten. Es machte ihr gar nichts aus.

Draußen war die Luft trocken, grau und frisch, und unbekannte Blätter, groß wie zerknüllte Papiertüten, dämpften die Schritte auf dem Bürgersteig. Sie gingen Seite an Seite zu Edwards Wohnung und hielten sich an den Hüften umschlungen, denn das ist die bequemste Art der Fortbewegung für zwei Menschen, die zusammen gehen.

»Das kommt überhaupt nicht in Frage.«

»Ich habe Geld. Ich meine, ich kann mir welches besorgen. Sag mir bloß, wo ich gut unterkommen kann, das ist alles.«

»Helen, du hast kein Geld. Sei vernünftig. Du kannst hierbleiben.«

»Deswegen habe ich dich nicht angerufen.«

»Das weiß ich. Ich habe ein Zimmer, in dem du schlafen kannst, in dem du schlafen wirst, und ich werde dir vertrauen, wenn du mir vertraust, daß ich auch nur schlafen werde. Ich werde dich wohl kaum nachts belästigen – *das* gehört nicht zu meinen schlechten Angewohnheiten. Wenn dir das Sorgen macht. Ich kann mir keine anderen Einwände vorstellen, es sei denn, du willst ...« Er vergrub nervös eine Hand in der anderen. »Du bist hierhergekommen, weil ich dein Freund bin. Hoffe ich. Ich helfe meinen Freunden. *Aaaach komm, Helen. Ich will dir bloß helfen, so wie es Jimmy tun würde – ich hatte noch nie die Gelegenheit.*«

»Nein, laß Jimmy aus dem Spiel! Ich rede mit dir.«

»Dann laß mich für dich dasein, weil ich es will. Bleib für mich da.«

Es war eigentlich kein Streit. Es klang wie ein Streit, aber sie wollten sich nicht streiten.

»Ich kann nicht.«

»Tu es trotzdem. Es gibt so viele Dinge, die du nicht tun kannst. Möchtest du, daß dein Leben aus *Ich kann nicht* besteht? Jetzt kannst du vielleicht mal. Komm schon, es ist ganz harmlos. Und ich auch.« Edward schien lächeln zu wollen, aber riskierte es lieber nicht. Statt dessen ging er aus dem Zimmer und schloß umständlich die Tür, und sie wußte, daß er ihr ein Bett herrichten würde, wo sie schlafen konnte.

Sie saß in Edwards Wohnzimmer und lauschte den leisen Geräuschen seiner Bewegungen, hörte ihn Schubladen öffnen und schließen, herumräumen, in dieser Wohnung, die so ganz und gar seine war. Hier war alles aus vielen Jahren Edward entstanden, ohne den Einfluß eines anderen Menschen. Er roch nach seiner Wohnung, und seine Wohnung roch nach ihm, und sie atmete frei, weil sie seinen Geschmack in ihren Lungen mochte. Sie tauchte auf und schnappte nach Edwards Luft, und die kam ihr bekannt und beruhigend vor. Es war ein guter Ort, ein sanfter Ort. Ihre Hände, die fest verschränkt waren, wurden durch das leicht beunruhigend große Fenster beleuchtet, in dem immer noch der Himmel zu sehen war, den sie auf jenem Foto hinter ihm gesehen hatte.

Ruhig und mit langsam leerer werdenden Gedanken merkte sie, wie sehr es sie schmerzte: die Blutergüsse und die Verwirrung und vor allem die Anspannung, das Festklammern im Inneren, um ihr Selbst nicht zerbröckeln zu lassen. Die Konzentration, zu der sie sich für die Reise nach Süden hatte zwingen müssen, ließ sie vor Erschöpfung fast in Trance fallen. Sätze und Bilder spulten sich immer wieder in ihrem Schädel ab, ohne Sinn und Verbindung.

Ganz allmählich ließ sie in ihren Bemühungen nach, unversehrt auszusehen. Mr. Brindle hatte wie immer keine Spuren in ihrem Gesicht hinterlassen, aber wenn sie wirklich anfing zu weinen, konnte man ihr den Schmerz ansehen, und jetzt wollte sie das. Mr. Brindle hatte ihr den Schmerz zugefügt, aber jetzt war es ihr Schmerz, und sie konnte jederzeit damit tun, was sie wollte.

»Oh, bitte nicht. Das brauchst du nicht. Jetzt ist alles gut. Es sei denn, du möchtest. Wenn du möchtest, ist das Ordnung.« Sie hatte nicht gehört, wie Edward hereingekommen war, und konnte sich nicht genau erinnern, wie lange er weg gewesen war.

Helen sah aus trüben Augen zu ihm auf, während er unsicher auf sie zukam und sie aufmunternd tätschelte. Er hielt etwas in einer Hand. »Ich habe Toast gemacht.«

Aus irgendeinem Grund ließen diese Worte das Schluchzen in Wellen aus ihr hervorbrechen. Sie hörte sich selbst zu. Sie konnte nicht aufhören.

»Na ja, das ist alles ...« Er stellte den Teller klappernd auf den Tisch und versuchte, seine Arme um sie zu breiten. »Toast ist alles, was ich kann. Helen. Helen?« Sie merkte, daß er sie hochhob, aber sie konnte ihm nicht helfen. Eine Sekunde lang wiegte er sie. »Es ist gut. Du weißt doch, das es jetzt gut ist.«

Sie klammerten sich aneinander. Edward versuchte sie zum Sofa zu bringen, doch dann stieß er dagegen, und sie fielen hin. Lange, so schien es Helen, lag sie an ihm, an seinem Pullover und seinen festen Rippen. Sie berührte ihn durch den Schleier ihres Schluchzens.

Edward hielt sie, bis sie ruhig wurde, bis der Himmel vorm Fenster sich zur wolkenverhangenen Nacht getrübt hatte.

»Helen. Helen? Schläfst du?«

»Nein.« Sie schluckte. Ihre Kehle schmerzte. »Nein, ich bin da.«

»Gut. Ich bin auch hier. Nein.« Sie drehte sich und spürte, daß seine Arme sie sanft festhielten. »Beweg dich nicht. Bleib einfach liegen. Ich möchte mit dir reden – nichts Schlimmes.«

Er begann, sie auf die Stirn zu küssen und ihr manchmal das Haar zur Seite zu streichen, weil es sich gut anfühlte. »Ich wollte dir sagen«, er unterbrach sich, »daß du«, mit regelmäßigen, »außergewöhnlich schön bist«, zarten Abdrücken der Lippen, »und daß du ein«, und des Atems, »wunderschönes Gehirn hast. Ich konnte das bisher nicht richtig ausdrücken. Denn wenn ich mit Menschen reden soll, werde ich manchmal fast sprachlos. Du kennst mich ja – ich kriege es irgendwann hin, aber erst nach einiger Zeit. Ich kann mich glücklich schätzen, daß du so viel Geduld hast.

Und jetzt muß ich dir mal so sagen, daß du hier drinnen, in deinem Denken, einfach keine Grenzen hast. Du bist dein eigenes Universum. Dein eigenes Glück. Wenn man dich mit Silbernitrat einfärbt, könntest du deine eigene Fotoplatte sein. Ein Abbild der Wurzeln, die in deine Seele reichen.«

Edward unterbrach sich und vergrub seinen Mund in ihren Haaren.

»Netzwerke. Und Gewebe. Und Verästelungen. Schichten. Texturen. Aus Wünschen und Hoffnungen und, hm, Liebe gesponnen. Aus Liebe.« Das Wort setzte ihr Blut in Bewegung. »Du bist frei, Helen. Du bist immer frei gewesen. Wenn Gott deinen Geist erschaffen hat, dann hat er ihn so erschaffen. Du kannst hierbleiben, so lange du willst. Es wird nichts Schlimmes geschehen, verstehst du?«

»Gut.«

Sie wußte, wenn sie sprach, berührte ihre Stimme seine Kehle, den offenen Knopf an seinem Hemd und seinen Hals.

»Was auch immer in der Vergangenheit und in der Zukunft ... was auch immer geschieht, unser Zustand trägt daran keine Schuld. Ich will damit sagen, ich kann zwar Gottes Gedanken nicht erraten, aber wenn ich dich geschaffen hätte, dann hätte ich dich gerne so, wie du bist, vollkommen du selbst, und nicht unbedingt vollkommen.«

Ihre Augen schmerzten, ihr Blick wurde verschwommen, und sie schüttelte an seiner Brust den Kopf. »Alles ist schiefgegangen.«

»Sag so etwas nicht. Bitte. Nicht, wenn du hier bei mir bist. Von jetzt an geht alles gut. Sträube dich nicht dagegen. Hier sind wir sicher und ... können Spaß haben oder was auch immer. Uns unterhalten. Das kannst du haben. Und du mußt nichts dafür bezahlen. Nicht mehr, als du schon bezahlt hast. Du bist kein schlechter Mensch, Helen, du bist keine Sünderin. Ich glaube, wir wissen gar nicht, was Sünde ist – wann wir eine begehen und wann nicht –, das können wir nicht beurteilen. Wir sollten einfach unsere gesamten Informationen zusammentragen, vollständig zu sein versuchen und unser Bestes geben. Und das Beste sind wir. Wir, das heißt du und ich. Was meinst du?«

Sie sagte *ja*, weil sie *ja* fühlte.

»Danke, Helen.«

»Wofür dankst du mir?«

»Daß du zu mir gekommen bist.« Sie versuchte sich wieder aufzurichten, und diesmal ließ er sie. »Danke, daß du wußtest, daß du hier willkommen bist.« Er lächelte die Zimmerdecke an, und dann sie. »Kommt einfach den ganzen Weg nach London, ohne irgendwelche Garantien ... diese Mrs. Brindle ist wirklich eine entschlossene Frau, und was sie will, das kriegt sie auch.«

Helen dachte an das, was sie wollte, und Edwards Augen schlossen sich zögernd, seine Hände rangen stumm miteinander. »*Aaach, wissen Sie, ich krieg das einfach nicht so gut hin, daß die Leute sich wohl fühlen. Keine Übung.* James Stewart könnte das besser.«

»Aber er wäre nicht du.«

Edward errötete leicht und zog zufrieden die Brauen zusammen. »Vielleicht hast du nächstes Mal mehr Glück.«

»Nein, danke.«

Der kalte Toast lag noch immer unberührt auf dem Tisch. Edward rührte sich. »Also, ich werde mal ... wenn du gerne dein Zimmer sehen möchtest? Ich weiß nicht ... bist du müde?«

»Völlig erledigt.«

»Gut. Ich meine, dann wirst du schlafen, und das ist gut. Das wirst du doch?«

Helen nickte. Stand auf und hielt Abstand.

Das Zimmer, das er ihr anbot, stand voller Regale und war mit schweren Vorhängen und einem dicken Teppich ausgestattet. Sie machte beim Auspacken ihrer Schlafutensilien leise Geräusche; sie kam aus dem Badezimmer zurück, das so erstaunlich nach seiner Haut roch; sie zog sich aus und ging ins

Bett – jede kleine Bewegung und jeder Schritt wurde gedämpft, in Stille aufgelöst. Er hatte ihr einen abgeschirmten Raum gegeben, wo sie gar nicht anders konnte, als zur Ruhe zu kommen.

Ihr erstes Frühstück entwickelte die lockere Form, die es behalten sollte, solange sie dort war.

»Toast.« Edward deutete auf den Toastteller, falls er ihr unbekannt vorkommen sollte, und schien sich dann zu fragen, ob er als nächstes seine Zeitung lesen oder sich unterhalten sollte.

»Das ist alles, was du kannst.«

Er ließ die Zeitung sinken und lächelte. »Gut gemerkt.«

»Das hast du mir erst gestern abend erzählt.«

»Trotzdem schön, daß du dich erinnerst. Toast ist strenggenommen nicht das einzige, was ich kann. Aber beinahe das einzige.«

»Gut. Ich kann kochen. Aber ich tue es nicht gerne.«

»In Ordnung. Das ist in Ordnung.« Seine Hand zitterte leicht. Er bemerkte es und legte sie ans Kinn. »Schlafen?«

»Nein danke, habe ich gerade.«

»Schön. Gut.« Er lehnte sich übermütig mit seinem Stuhl zurück. »Also, ich werde jetzt ein bißchen arbeiten, da ich ja nun wieder Zeit dazu habe. Wenn du –« Der Stuhl begann zu wackeln, und er ließ sich wieder zum Tisch zurückfallen. »Du sollst das hier als dein Zuhause betrachten. Tu, was du willst. Nur eins: Ich möchte dich zum Essen ausführen. Wenn du dich ausführen lassen willst ... ich werde dich nicht zum Essen *zwingen* ... das heißt, natürlich wirst du was essen, aber nicht unbedingt mit mir. Aber das ist, ähm, offenbar kein Problem. Ich glaube, der Einzige, der hier durcheinander ist, bin ich.« Er seufzte leicht und fing noch einmal an. »Wenn du mit mir kommen möchtest, Essen gehen, dann können wir vielleicht eine

Zeit abmachen; das wäre praktischer.« Er tastete nach dem Buttermesser, um sich abzulenken.

»Warum hast du mich in *dem* Zimmer untergebracht?«

Er legte das Messer wieder hin und rückte es abwesend gerade. »Ich weiß, ich weiß. Es ist zwar mein Gästezimmer, aber ich habe noch nie einen Gast hineingelassen. Ich habe schon immer mein Zeug darin aufbewahrt – es ist alles da drin. Ich bitte um Entschuldigung.«

»Es kommt einem vor ... wie eine Bibliothek ...«

»Ich weiß. Es ist nicht schön. Du könntest statt dessen in meinem Arbeitszimmer schlafen.« Er untersuchte mit plötzlichem Interesse seine Handfläche. »Ich hätte dir vielleicht sagen sollen ... ich muß gestehen, daß ich dich benutze – deine Anwesenheit –, weil es mich von dem Zimmer fernhält. Nicht, daß ich in letzter Zeit dort gewesen wäre, beim Schmutz. Das tue ich nicht mehr. Ich benehme mich.« Er sah ihr in die Augen. »Wirklich. Aber wenn du dort bist, selbst wenn du nur in dem Zimmer *gewesen* bist, dann fühle ich mich sicher. Ich habe letzte Nacht ruhig geschlafen.« Er erhaschte kurz einen Blick von ihr, dann schaute er wieder weg. »Aber ich hätte natürlich erst um dein Einverständnis bitten sollen, ich weiß.«

»Ich habe auch ruhig geschlafen.«

»Oh. Dann ist es ja gut.«

»Wieviel ist da drin?«

»Wieviel ...?«

»Wieviel Schmutz?«

»Alles, was du sehen kannst. An allen vier Wänden bis zur Decke: Videos, Magazine, Bücher.« Edward wollte anscheinend nichts auslassen, wollte sich gründlich erniedrigen. »Ein paar Originalausgaben von *The Oyster* und *The Pearl* aus dem 19. Jahrhundert, weil ich mir zu Anfang immer noch einreden wollte, es ginge mir um Kunst oder Kulturgeschichte – verdammt teures Zeug, und völlig nutzlos. Der viktorianische Geschmack ist leider nicht der meine. Wie alles hat auch Pornographie ein Verfallsdatum. Und das erzähle ich dir alles, weil ich nicht genau weiß, wieviel es ist. Ich habe die Videos mal gezählt; es sind über siebenhundert, siebenhundertundzwanzig so ungefähr, aber weiter bin ich nicht gekommen. Das Katalogisieren ist eher zweitrangig. Ich habe angefangen, sie alphabetisch zu ordnen, aber ich habe mich immer wieder ablenken lassen. Ich versinke dann völlig in der Arbeit.« Er versuchte, sich darüber lustig zu machen, aber seine Augen spielten nicht mit. »Keine Selbstbeherrschung.«

»Jetzt kannst du dich doch beherrschen.«

»Ich versuche es. Es stößt dich ab, oder? Ich meine, die Titel allein sind schon schlimm genug. Tut mir leid.«

»Ich war bloß überrascht, weiter nichts. Es hilft dir, wenn ich da drin bin?«

»Ehrliche Antwort?«

»Natürlich.«

»Ich möchte dich nicht unter Druck setzen, aber es hilft mir tatsächlich.«

»Dann kann ich auch weiter da schlafen. Du hast da drinnen ein Problem. Ich nicht.«

Edward lächelte schief und rieb seine Wange.

»Aber warum hast du das Zeug nicht schon längst weggeworfen?«

Er sprach wie jemand, der einen unverbesserlichen Freund beschreibt. »Willenskraft.« Er rieb wieder seine Wange. »Ich habe beschlossen, daß ich meine Willenskraft testen muß, indem ich meine Versuchungen immer in Reichweite behalte. Sonst sind es ja keine richtige Versuchungen …« Seine Augen suchten etwas über ihrem Kopf. »Wenn meine Willenskraft mich dann natürlich im Stich läßt, kann ich mich augenblicklich wieder im schmutzigsten Sumpf suhlen.« Edward schaute ihr prüfend ins Gesicht. »Ich weiß, ich kann dir nichts vormachen, mir selbst auch nicht. Ich kenne mich genau. Ich setze mich nur immer aufs moralisch hohe Roß, damit ich um so tiefer herunterfallen kann.«

Er atmete beinahe erleichtert aus. Er wunderte sich immer noch über sich, war aber jetzt zufriedener. »Ich weiß, daß ich irgendwann einen Schritt in die richtige Richtung unternehmen muß, aber ich bringe es einfach noch nicht fertig. Ich bin allerdings guter Hoffnung – jetzt habe ich schon wieder fast einen Monat ohne Rückfall geschafft, und an manchen Tagen denke ich nicht mal dran. Irgendwann werde ich in der Lage sein, das alles wegzuschmeißen. Und das werde ich selbst tun, niemand anders.« Seine Lippen wurden schmal. »Vielleicht ist mir bis dahin auch eingefallen, wie ich das Zeug loswerde. Ich kann es ja schlecht auf den Bürgersteig stapeln und warten, bis die Müllmänner kommen. Wobei das in diesem Zusammenhang wohl ein allzu passendes Verb ist.«

Edward begann sich zu strecken, hielt dann inne. Sie wollte ihn irgendwie berühren, wußte aber nicht wie.

»O Gott.«

»Edward? Was?«

»O Gott. Helen. Ich –«

Helen hatte die Ärmel aufgekrempelt, wie sie es oft tat. Sie hatte die Kratzer am Unterarm vergessen, die blauen Flecken, die Abdrücke seiner Finger. Die Flecken waren dunkel, geschwollen, voller Blut.

»Was hat er getan?«

»Es ist schon in Ordnung.«

»Nein, das ist verdammt noch mal nicht in Ordnung. Was hat er getan?«

Es war wirklich nicht nötig, daß er an ihrer Stelle wütend wurde, das konnte Helen schon selbst, wenn sie wollte; sie war schließlich eine entschlossene Frau.

»Was hat er getan?«

Edward fing an, ihr Angst einzujagen, und das konnte sie nicht zulassen. Er fing an zu schreien.

»Er hat eine von deinen Postkarten gefunden.« Sie sagte das nicht, um Edward zu beschuldigen, sie wollte ihn nur zum Schweigen bringen, damit sie das alles wieder vergessen konnte. »Das hat er getan. Er hat deine Karte gefunden.«

»O Hele...«

»Du hättest doch bestimmt zugeschaut, oder? Wenn ich auf Video gewesen wäre, hättest du es dir angeschaut.«

Edward streckte die Hand nach ihr aus, aber zog sich dann zurück. Er legte die Hände über dem Kopf zusammen und sagte nichts.

Wenn man ängstlich und wütend ist, schlägt man oft sinnlos um sich. Helen wünschte, sie würde diesem Muster nicht so gut entsprechen.

Danach begegneten sie sich höflich, aber sprachen eigentlich nicht miteinander. Edward schloß sich fast den ganzen Tag in seinem Arbeitszimmer ein, und sie döste auf dem Sofa, sah sich Kinderfernsehen an und fand es auf dumme Art rührend, dann döste sie wieder ein.

»Hallo.« Edward klopfte an seine eigene Wohnzimmertür.

»Das mußt du nicht.«

»Ja. Ich bin etwas unsicher. Ich weiß nicht, was ich tun soll.«

»Ja.« Vielleicht sollte sie besser gehen. Eine graue Schwere in ihren Gliedern sagte ihr, daß sie gehen solle. Aber sie wurde nirgendwo gewollt, und sie wollte nirgendwo hin.

»Mußt du ... solltest du nicht zum Arzt gehen?«

»Nein.«

»Sicher?«

»Es ist schon öfter passiert, und ich bin noch nie zum Arzt gegangen.«

Sie hörte, wie Edward scharf Luft holte und gepreßt wieder ausatmete.

»Du hast recht, was mich betrifft. Ich schaue mir alles an. Aber ich muß immer wissen, daß es nicht echt ist. Mein Gott – echte Menschen jagen mir Angst ein. Und echter Schmerz ... Helen, ich bin damit aufgewachsen. Meine Mutter, ich habe gesehen, was mein Vater ihr angetan hat. Und wenn ich es nicht gesehen habe, habe ich es gehört oder die Spuren gesehen. Es war damals meine Schuld, und jetzt wieder. Es war dumm von mir, dir zu schreiben.«

»Ich habe dich nicht gebeten, es zu lassen. Ich wollte nicht, daß du es läßt. Du hast mir das nicht angetan; du warst nicht dabei.« Eine unangenehme Pause entstand, und sie wollte das Schweigen eigentlich nicht brechen. Aber sie mußte. »Es war dumm von dir, mir zu schreiben?«

»So wie ich geschrieben habe.« Er stand ganz still neben ihrem Stuhl. »Ich mußte schreiben, aber ich hätte nicht so schreiben sollen.«

»Ich möchte nicht seinetwegen auf *dich* wütend werden. Ich will nicht wütend auf dich sein. Du hast nichts verbrochen.« Sie lehnte sich zur Seite, bis ihr Kopf an seinem Arm lag. Er ließ sie näher kommen, rückte aber nicht an sie heran. »Meinst du, es klappt mit uns, Edward? Meinst du, ich kann hierbleiben?«

»Du brauchst eine Unterkunft, und ich brauche dich um mich.«

Er rieb ihre Ohrmuschel zwischen Daumen und Zeigefinger, und sie hörte das meeresähnliche, raschelnde Rauschen dicht am Trommelfell. Als Kind hatte sie dieses Geräusch geliebt. Ein persönliches Geräusch, das nur sie selbst hören konnte. Er drückte einen Moment fester, und sie spürte seinen Pulsschlag, oder ihren eigenen.

»Helen, ich bin mit meiner Arbeit sehr beschäftigt, aber

wenn ich aufhöre, fühle ich mich einsam. Besonders jetzt, wo es nichts anderes mehr gibt. Ich brauchte dich auch, wenn ich dich nicht ... Du weißt schon. Wenn ich nichts für dich empfinden würde.«

»Aber wird es mit uns klappen?«

»Weiß ich nicht.« Er versuchte es noch mal und wollte es hoffnungsvoller klingen lassen. »Ich weiß es nicht. Dafür bin ich nicht Professor. Aber ich glaube, es würde gut klappen.« Er klang aber vor allem traurig, deshalb küßte sie seine Hand.

Zuerst machte Helen sich Sorgen. Sie stellte sich vor, wie es werden könnte, was sie einander antun könnten, wenn sie nicht achtgaben, aber ihre gemächlichen gemeinsamen Tage ließen sie zufrieden und ruhig werden.

Nachts lauschte sie Edwards regelmäßigen Vorbereitungen der Nachtruhe, während sie sicher und ungestört in ihrem Zimmer mit den Videos und Büchern lag. Sie hatte das Gefühl, daß ihr Verhalten und ihre Anwesenheit hier gerechtfertigt und in Ordnung waren. In ihrer Erinnerung begann ihr Leben mit dem Tag, an dem sie in der Gloucester Road aus der U-Bahn gestiegen war. Es war nicht schwer, Glasgow aus dem Gedächtnis zu verbannen.

Helen gewöhnte sich an den Gedanken, daß sie gut sei und gute Dinge haben durfte. Sie verdiente sie nicht weniger als andere Menschen, die sie kannte. Edward hatte recht: Wenn sie alle ihre Fakten akzeptierte – die häßlichen und die reinen –, dann wußte sie jederzeit genau, wer sie war. Sie hatte nichts Schlechtes getan, seit sie ihr Wesen erkannt und gelernt hatte, es zu beherrschen. Ihr war nichts geschehen, und ihr war die Chance eröffnet worden, sich zu ändern, sich abzuwenden von dem, was man Sünde nennen mochte.

Edward arbeitete konzentriert, manchmal hörte man laute Ausrufe aus seinem Arbeitszimmer, manchmal kam er heraus und lief auf und ab, dann stürzte er sich wieder hinein, aber immer mit einem grundlegenden Ausdruck der Zufriedenheit. Er begann das Wort *wir* in seine Sätze einfließen zu lassen, und er sprach davon, wieviel Wert er auf sein Äußeres lege, weil es ihm das Gefühl gab, ein sauberes und rechtschaffenes Leben zu führen.

»Komm, schau dir mein Arbeitszimmer an!«

Helen kam gerade vom Milch kaufen zurück, ihre Hände und ihr Gesicht freuten sich auf die Wärme der Wohnung. Die Wärme des heimischen Herds.

»Es ist nichts Besonderes, aber ich dachte, du würdest es vielleicht gern mal sehen.« Er hielt ihr die Tür auf, was er besonders gern tat.

Nur an einer Wand standen Regale. Die anderen drei waren mit Fotos, Zeichnungen und Postkarten bedeckt, die wie Fischschuppen übereinanderhingen.

»Lauter kleine Schnitte durch meinen Schädel – Dinge, an die ich mich gern erinnere. Ich kann mich auf ein Bild konzentrieren, und das inspiriert mich den ganzen Tag. Es ist eine Art Musik: Ich kann in meinem Arbeitszimmer sitzen und der Melodie einer alten Freundschaft lauschen oder einem schönen Tag, oder einem guten Streit. Manchmal streite ich mich nämlich gern.«

Helen interessierte sich mehr für seinen riesigen dunklen Schreibtisch und den großen Computer. »Ich dachte, du hast was gegen die.«

»Computer? Ein Computer ist ein Ding, ein Werkzeug, dagegen kann man nichts haben. Ich habe Probleme mit den Leuten, die Computer benutzen. Dieser hier wird von mir benutzt, also mag ich ihn gern. Außerdem ist er mein Zugang ins Netz. Ich mag das Internet. Man findet dort echte Informationen, Fakten, die mit emotionaler Zusatzladung versehen sind, mit Überflüssigem, mit Leidenschaften, allgemein mit menschlicher Subversivität. Menschen sind der Maschine immer einen Schritt voraus, also ist das Netz voll mit vollständigen Fakten, und man wird immer daran erinnert, *was* sie sind – menschlich. Manche Menschen vergessen vielleicht, *wer* sie sind, aber man kann sich beim Denken schon mal verlieren – Gedanken sind groß und weitläufig. Ich lege Wert darauf, jeden Tag ein paar Dinge ins Netz zu stellen, die normale Programmierer nicht leiden können: Ethik, Nonsens, Moral.«

»Und ich dachte, du arbeitest hier drinnen.«

»Das tue ich auch. Ehrlich.«

Er sah plötzlich so ernst aus, daß sie ihm die Schulter streicheln mußte, damit er wieder lächelte.

»Ich weiß. Du arbeitest bestimmt hart.«

»Das glaube ich auch. Tragischerweise sehen die Nobelpreisleute das nicht so. Jedenfalls nicht dieses Jahr.«

»Oh, das tut mir leid.«

»Mir nicht. Nicht dieses Jahr. Ich hätte gar keine Zeit gehabt.« Er streifte sie mit einem sanften Blick. »Irgendwann werden sie ihn mir geben müssen. Aber zurück zur Moral ...«

»Ja?« Sie bemerkte ein kurzes Flackern zwischen ihnen, ein schnellerer Puls, der sich gleich wieder beruhigte.

»Es gibt natürlich auch sehr menschliche und verständliche *Un*moral im Netz. Mein Drucker könnte den ganzen Tag laufen und unzensierte anatomische Ausschweifungen ausspucken. Ich könnte den ganzen Tag mit virtuellem Sex verbringen. Die Bildschirmstrahlung macht einen unfruchtbar, aber was drauf zu sehen ist, macht einen scharf. Clever, was?« Er lächelte nicht.

»Und? Tust du es?«

»Nein. Ich habe Sex im Internet noch nie ausprobiert. Nicht wegen moralischer Bedenken –«

»Wohl kaum.«

Er warf ihr einen kurzen, stechenden Blick zu. »Eben. Ich habe mich nie dort hineingestürzt, weil ich weiß, daß ich zu charakterschwach bin, je wieder herauszufinden. Also mache ich im Cyberspace nur harmlose Dinge: mit Kollegen plaudern, arbeiten. Ich verbringe meine Tage mit Arbeit. Das wollte ich dir eigentlich nur zeigen. Daß hier drin alles in Ordnung und in Sicherheit ist.«

»Ähm, gut. Gut gemacht.«

»Ja.«

Sie hatte das Gefühl, daß sie ihm jetzt die Hand schütteln müßte, aber sie ließ es.

Edward schien vorsichtig glücklich zu sein. Er nahm einen Bleistift vom Schreibtisch und legte ihn wieder hin. »Mm hm.«

Helen verbrachte ihre Zeit ruhig, mit Lesen, Spazierengehen und Touristin spielen. Zuerst beunruhigte sie die Selbstzufriedenheit, die ihr an so vielen Leuten auf der Straße begegnete. Die Gesichter und Körper strahlten unbestreitbar Gesundheit aus. Die nächstliegenden Geschäfte boten lächerliche Lebensmittel zu lächerlichen Preisen feil, und das Verkaufspersonal schien sie zu taxieren und nicht als willkommene neue Kundin einzuschätzen. Verschlossene Gartentore, hohe Fenster und gepflegt gestrichene Fassaden, alles eingehüllt in einen kühlen Duft nach Rauch und Blei, nur gelegentlich vom Gestank geborstener Abflußrohre geschwängert. Aber sowohl die seltenen Anflüge von Schmutz als auch die betuliche Gepflegtheit wurden ihr nach und nach zur Normalität. Man kann sich an alles gewöhnen. Helen merkte, daß die Stadt – so wie Gott – sich zurückzog und sie in Frieden ließ, wenn sie sich weniger Gedanken machte.

Manchmal wünschte sie, sie hätte Geld, das sie für Edwards Wohnung ausgeben könnte – für ein Bild oder sonst eine unerwartete Verschönerung –, aber er sagte ja selbst, er brauche nicht mehr, als er besitze. Helen tat keinen Handschlag im Haushalt, sie toastete nicht einmal den Toast. Zweimal in der

Woche kümmerte sich Edwards Putzfrau um alle Zimmer außer Edwards und Helens, aus denen sie sich fernhalten sollte. Weil sie nie zu sehen bekam, wo Helen schlief, zog sie ihre Schlüsse, doch Edward und Helen folgten ihr nicht. Sie erschienen immer vollständig angekleidet zum Frühstück und küßten sich selten.

»Achtundvierzig Tage.«

Manchmal schaute er abends herein, um den Kopf frei von Arbeit zu bekommen, bevor er zu Bett ging.

»Das ist eine lange Zeit.«

»Ja. Meine Plomben schlagen schon Funken.«

»Was?«

Er ließ sich in einen Sessel fallen. Sie fand es gut, daß keiner von beiden eine persönliche Sitzgelegenheit in der Wohnung hatte. Sie konnten sich beide problemlos überall hinsetzen, auch wenn das Sofa ihr Favorit war, weil sie sich darauf ausstrecken und hinlegen konnte. Sie wurde langsam faul. Oder bequem. Schlafen, Taschenbücher lesen, Essen gehen – ein geruhsames Leben.

»Ein blöder Witz. Achtundvierzig Tage. Das hätte ich nie für möglich gehalten.«

»Wie fühlst du dich?«

»Großartig.«

»Und im allgemeinen? Wie findest du die Situation?«

»Großartig.«

»Passiert irgendwas, was dir nicht gefällt?«

»Nein.«

»Passiert irgendwas nicht, was dir gefallen würde?«

Sie lachten beide, statt etwas zu sagen.

Ihre gemeinsamen Essen waren jetzt anders. Sie freute sich mehr darauf.

»Und?«

»Ich weiß nicht. Würde es dir genügen, Edward?«

»Mir? Mir würde es voll und ganz genügen. Was ist mit dir? Das frage ich mich. Wenn es für dich ... ich möchte nichts Falsches tun, und das könnte leicht passieren, weil ich mich nicht auskenne ... damit. Das weißt du ja.«

»Es ist ... es wird gut.«

»Na ja. Das hoffe ich.« Er strich ihr mit dem gekrümmten Finger über die Wange, und die Muskeln in ihrem Nacken begannen zu zittern. »Gut ist genau das, was ich erhoffe. Ich habe dieses Gebiet nicht gründlich erforscht. Jedenfalls nicht so, daß es jetzt hilfreich sein könnte.«

Sie standen in der Küche und machten heiße Schokolade. Eine nette, zwecklose Beschäftigung, zu der sie beide aufgelegt waren. Sie sah ihm zu, wie er die Milch umrührte, und lachte.

»Was? Rühre ich nicht richtig um?« Er schaute besorgt und glücklich. »Was?« Dann nur noch besorgt. »Was?«

»Ich denke ... ich bin nicht sicher ... was ich denke.« Sie stellte sich neben ihn und legte seine freie Hand um ihr Handgelenk, um ihren Puls. »Die Nerven.«

»Du hast Angst. Ich hoffe, daß ich dich nicht –«

»Du machst mir keine Angst. Ich bin bloß nervös. Oder ...«

»Was?« Er ließ seinen Daumen in die Mitte ihrer Handfläche tanzen. Sie spürte ein großes Verlangen durch ihren Arm pulsieren, während seine Augen sie sorgenvoll anblickten. »Was?«

»Vielleicht sind es die Nerven und – was sonst noch den Pulsschlag erhöht. So etwas.«

»Schön, daß du dich so deutlich ausdrückst.« Wieder jagte sein Daumen einen Schlag durch ihre Adern.

»Die Erwartung – du weißt schon.«

»Erwartung.«

»Daß ich dich erwarte.«

»Ah ja, das kann sein. Das ist gut möglich.«

»Derselbe Pulsschlag, aber nicht derselbe Grund. Und ich bin ... ich weiß nicht.«

Edward drehte die Gasflamme höher und legte ihre Hand an seinen Hals, so daß sie mit den Fingern den Rhythmus seines Blutes spüren konnte. Dort berührte sie gleichzeitig seine Stimme.

»Hiernach also. Wollen wir?«

»Ja, das ist – auf jeden Fall, das ist gut. Aber heiße Milchgetränke ... die sollen doch entspannen, oder? Sollten wir –«

»Sie sollen einem beim Einschlafen helfen.« Er schaute sie an, sah bis in ihre Gedanken und kitzelte sie dort sanft. Ihre Finger spürten ihn schlucken. »Ich denke, wir werden uns schon irgendwie wachhalten.«

»Das ist durchaus möglich.«

»Wir tun nur, womit wir beide einverstanden sind.«

»Ja.« Und sie drehte ihn zu sich und hielt ihn fest, weil sie es wollte und weil sie Angst hatte. Sie glitten in einen Kuß, hielten ihn einen kurzen Moment, er nahm ihre Zunge zwischen die Zähne und ließ sie dann wieder frei. Süß wie Milch.

»Wir müssen noch den Kakao anrühren.«

»Mm hm.«

Sie spürte ihn hart an ihren Rippen, am Bauch – ein Flüstern von Sünde klang ihr im Ohr.

»Was sollen wir machen? Wenn wir –«

»... weitergehen wollen? Ich glaube, es ist nicht schlimm, wenn die Milch noch nicht richtig kocht.« Er hob prüfend den Topf, sein freier Arm war fest um ihre Taille geschlungen. »Verstehst du was von Schokolade?«

»Soweit ich es beurteilen kann, machst du das sehr gut.«

Sie wußten nicht, wo sie anfangen sollten: welches Zimmer am besten sei. Die Küche und das Arbeitszimmer waren zu ungemütlich, das Badezimmer kam nicht in Frage, ihr Schlafzimmer stand voll mit seiner Vergangenheit, und sein Schlafzimmer war sein Schlafzimmer, wer weiß, wohin das führen würde.

Wohnzimmer.

Er zog die Vorhänge zu, obwohl seine Wohnung so hoch lag, daß unmöglich jemand hineinschauen konnte. Aber man konnte nicht vorsichtig genug sein, und Helen hatte dieses große, neugierige Fenster immer nervös gemacht, und Edward wollte nicht, daß sie nervös war, nicht jetzt.

»Mir geht's gut.«

»Machst du dir keine Gedanken?«

»Ich mache mir keine Gedanken.«

»Ich bin ja auch hier, bei dir ... natürlich – darum geht es ja – daß ich hier mit dir bin. Helen, wenn ich mich seltsam anhöre ... wenn ich unverständliches Zeug hierbei rede, mußt du mich entschuldigen. Ich bin dann bloß abgelenkt. Von dir. Ich möchte ganz bei dir sein.« Er verschob seine Hand auf ihrem Rücken. »Ich glaube, ich setze mich jetzt besser da drüben hin.«

»Ich bleibe hier. Schließlich ... darum sind wir ja beide ... aber ich bin es nur. Ich werde nicht jemand anderes werden, denn ich möchte auch ganz bei dir sein.«

Aber sie klammerten sich immer noch aneinander, als würden sie sich verabschieden. In ihrer Brust hüpfte etwas, und nackte Panik schimmerte durch ihre Knochen.

Er saß auf einer Stuhllehne und rieb sein Kinn und schaute über ihre Schulter hinweg. Helen hatte gedacht, sie würde sich hinsetzen, aber das schien nicht ganz das Richtige zu sein, also blieb sie, wo sie war. Sie hielt sich aufrecht und wappnete sich gegen das heiße Verlangen, das ihr Fleisch zwischen den Rippen berührte und sich dann ganz in sie senkte und ein Licht entfachte. Es schien ganz unnötig, daß sie sich sichtbar bewegte.

»Helen? Soll ich dir helfen?«

»Nein.« Er durfte sie nicht anfassen, dann würde alles schiefgehen. »Nein. Ich fange jetzt an.«

Sie hörte ihn zuschauen, während sie versuchte, ihre Knöpfe zu öffnen, aber sie sah nicht auf. Sie stellte sich am besten vor, in der Umkleidekabine eines Ladens zu sein. Das war die unverfänglichste Möglichkeit, die ihr einfiel, und er hatte ja auch nicht um eine Vorführung gebeten, nur darum, daß sie sich auszog und er zuschauen durfte.

Die Luft um sie erzitterte. Jedes herabgleitende Stück Stoff, jede Enthüllung war zuerst eine gewohnte Bewegung und änderte dann unter dem Druck der Beobachtung seinen Charakter.

Sie beugte sich nach vorn und erfühlte ganz neu das Gewicht und die Bewegung ihrer Brüste. Sie erwachten. Sie richtete sich auf, um Luft zu holen, um sich besser zu zeigen, und merkte, daß sie Edward anschauen konnte, während er sie anschaute, während ihr Körper und seine Augen sich trafen. Er atmete rasch ein. Sie stieg aus dem letzten Kleidungsstück, das sie noch verhüllte, und sie gab ihm, was sie wollte oder worauf sie sich geeinigt hatten.

Sie fühlte sich jetzt sicher. Das Gefühl war kühl und beständig und entströmte wie ihr Blut dem pulsierenden Herzen. Sie war nackt vor den Augen Gottes. Sie hob die Arme und legte die Hände auf den Hinterkopf. Sie spürte die Furcht des Herrn in ihrem Innersten vibrieren.

Edwards Gesicht war auf ungewohnte Weise schön, beinahe tiefernst. Seine Lippen waren leicht geöffnet, sein Blick eine einzige, unerfüllbare Tiefe. Schwarz. Er schloß sacht die Augen und öffnete sie wieder. »Helen. Du bist wunderschön.«

Das letzte Wort kribbelte an ihrem Bauch, und sie meinte, sie müsse weinen.

»Du bist hinreißend. Wirklich hinreißend.« Er murmelte leise, so daß sie sich anstrengen mußte, ihn zu hören, ihr ganzer Körper lauschte. »Du mußt nichts sagen, aber ich würde gern wissen – vielleicht kannst du nicken oder den Kopf schütteln, und es mich wissen lassen. Bist du feucht? Meinetwegen?«

Die Frage bringt ihre Antwort mit. Wenn sie es nicht schon gewesen wäre, so wäre sie es jetzt; aber sie war es schon, also wurde sie es noch mehr.

»Oh. Das ist schön. Danke. Ich muß ... ich muß kurz verschwinden, ja? Vielleicht setzt du dich so lange. Ich bin ... gleich wieder da.«

Ohne ihn kam sie sich albern vor, war auch ein wenig wütend, aber vor allem allein. Das Leder seines Sessels fühlte sich seltsam an, kalt und unangenehm nach Tier. Sie schlug die Knie übereinander und starrte ihr dunkles Spiegelbild auf Edwards Fernsehschirm an.

Er kam zurück und blieb zögernd stehen, als sie ihn ansah.

»Entschuldige. Ich wollte nichts tun, was dich abstoßen würde.« Er schaute sie prüfend an. »Alles in Ordnung? Ich wollte dich nicht allein lassen. Ich weiß, daß es falsch war.«

»Wenn du gehen mußtest ...«

»Mußte ich.« Er setzte sich wieder, nicht sehr weit weg, so

daß sie die Seife an seinen Händen riechen konnte. Ihr wurde langsam kalt.

»Ich weiß, wir hatten vereinbart, daß ich dich nicht anfasse, und das verstehe ich auch. Du hast Prinzipien, und gewisse Dinge kannst du nicht zulassen. Ich bin nicht dein ... wir sind nicht ... wir können es nicht. Aber ich finde ... du bist so weit weg. Findest du nicht auch, daß du weit weg bist?«

»Ich glaube schon.«

»Darf ich deine Hand halten?«

Das ließ Helen zu: eine kleine, formelle Berührung, wie sie auch auf der Straße möglich wäre. Entweder sie waren schon viel zu weit gegangen und ohnehin verloren – dann konnten sie jetzt auch tun, was sie wollten –, oder diese Berührung half ihnen, sich zu beherrschen, erinnerte sie daran, was möglich war und was nicht.

»Ich liebe dich, Helen.« Noch bevor sie den Sinn der Worte erfaßt hatte, fuhren sie heiß durch ihren Körper, in jede erdenkliche Richtung. »Ich liebe dich. Ich habe lange darüber nachgedacht, und ich liebe dich wirklich. Ich will dich nicht erschrecken oder dir weh tun.«

Helen wußte keine Antwort, also drückte sie seine Hand.

»Ich dachte, ich könnte ... also, es ist nichts Schlimmes, sonst würde ich dich nicht darum bitten, aber du mußt nicht. Aber ich dachte, nachdem du etwas für mich getan hast, könnte ich etwas für dich tun.« Er sah sie geduldig an, sie konnte nichts verbergen. »Und natürlich auch für mich.«

Er holte eine kleine Schere aus der Tasche. »Ich möchte dir die Haare schneiden. Wenn ich darf.«

»Meine Haare?«

Er ließ seinen Blick über ihren Körper wandern, bis sie merkte, was er meinte. »Nicht auf dem Kopf.« Er neigte förmlich den Kopf in Richtung des angenehmen Schmerzes, der sie bis zum Rückgrat durchzog. Er machte sich höflich mit ihrem Körper bekannt. »Da. Ich möchte dich dort … zurechtmachen. Es muß nicht sein, absolut nicht, aber du hast mich schauen lassen – und du bist herrlich anzuschauen –, und wenn ich die Haare abschneide, dann könnte ich … noch mehr sehen. Läßt du mich? Ich verspreche dir, ich bin ganz vorsichtig. Gott, werde ich vorsichtig sein.«

Als nur noch ihr Gewissen zwischen ihr und Edwards Wunsch stand, merkte sie, wie klein und geschmeidig ihr Gewissen war. Ein kleiner Druck von Edward, und schon floß es davon, und sie sah die glänzende Schere näher kommen und fragte sich freudig, wie kühl und seltsam sie sich wohl anfühlen werde.

Nie darf ein Mann eines anderen Mannes Frau berühren. Nie darf die Frau es zulassen. Wenn sie sich bewegt, dann nicht, um einer Berührung entgegenzukommen, es sei denn, ihr Gewissen versagt, und selbst dann hat sie noch ihr moralisches Gesetz.

Ohne den Schutz moralischer Verbote wird sie bis auf ihre Seele und die Leerstelle darin entkleidet. Sie spürt das Ziehen, die Anziehungskraft des Mannes neben ihr, das Verlangen, das durch ihr Blut kreist, und sie wird ihm nachgeben, denn sie hat keine Wahl, keinen eigenen Willen. Der erschreckend kalte Stahl der beiden Klingen und die neugierigen Finger werden alles sein, was sie ist.

Edward kniete vor ihr und schnitt die Haare dicht über der Haut ab. Besonders behutsam an ihren feuchten Schamlippen. Helen sah zu, wie sie unter der Schere jünger wurde, und wie sie sich einem neuen, hungrigen Gefühl öffnete. Als sie kam, hielt Edward die Schere still, aber dicht an sie, und er betrachtete sie aufmerksam, sah in sie hinein wie in ein feuchtes Fernglas.

Dann sprach er mit ihr: ein angespannter, flüsternder Monolog bei seiner Arbeit. »Wenn du jetzt ganz still hältst ... wirklich ganz still, ja, so. Perfekt. Du bist perfekt. Vollkommen. Einfach sehr, sehr schön.«

Sie vertraute ihm. Egal, was er tat, sie würde ihm vertrauen. Egal, worum er bat, sie würde es gewähren. Dieser Gedanke erfüllte sie mit dumpfer, süßer Furcht. Sie fand heraus, wer sie war. Seit Monaten hatte ihre Phantasie gewußt, daß er sie stetig, ruhig und sanft berühren würde. Sie vertraute ihm, wie er war und wie er sein würde, und es würde sehr schwer, jetzt *nicht* bei ihm zu bleiben, auch wenn sie ganz sicher war, daß er so etwas wie jetzt jeden Tag würde tun können. Das konnte sie nicht zulassen. Sie würde eine Frau werden, die sich alles von ihm wünschen würde, alles, was sie sich nur vorstellen konnte, und die Gefallen daran hätte.

Edward sprach schon eine ganze Weile, aber sie hatte nicht zugehört, denn sie konzentrierte sich darauf, unter dem rhythmischen Hauch seines Atems still zu verharren.

»Ich kann nicht an die Bilder denken, wenn ich dich ansehe. Dies hier ist ganz anders. Die Bilder enden immer gleich. Das finde ich schrecklich. Sie enden immer mit dem Eindringen in die Frau, hier hinein.« Sie reckte sich ihm ein wenig entgegen, um seiner Beschreibung entgegenzukommen. »Man hat den Eindruck, sie suchen etwas, sie tasten herum.« Seine Worte trafen warm auf ihre Schenkel. »Sie tasten darin herum, wie in einer Jackentasche oder wie in der Sofaritze nach verlorenem Kleingeld –, und dies hier ist etwas ganz *anderes. Dafür* ist es nicht gemacht.« Er strich mit dem Daumen über ihre neue, glatte Oberfläche. »Es ist kein Ding. Das bist du. Aber auf den Bildern geht es immer nur hinein, als wollten sie die Standardgröße feststellen, die richtige Paßform.«

Edward ließ nicht locker, war besessen, während Helen spürte, wie sie langsam wieder unter die Oberfläche sank.

»Und wenn ich den Frauen zusehe, wie sie den Männern an

den Schwanz greifen, wenn ich mir ihre Handgelenke anschaue, wie sie die Handgelenke bewegen, sie könnten genausogut Fische ausnehmen – mach ihn steif, und laß ihn spritzen, ohne dich anzustrengen, so effektiv wie möglich. Und man weiß genau, daß sie das schon tausendmal gemacht haben, tausendmal kommen lassen. Wiederholungen. Wenn es echt ist, gibt es keine Wiederholungen. Es ist jedesmal neu. Und schön. Wunderschön.«

Er schwieg, und sie spürte die plötzliche Stille bis in die Muskeln ihres Rückens. »Das hier wird niemals das gleiche sein. Dich werde ich nie auslernen.« Und wieder das Klappern der Schere: Gründlich legte er den Weg frei.

Edward mußte ihr nicht sagen, was sie auch so begriff: daß er sie wie eine der Frauen aus seinen Filmen aussehen ließ, wie das Objekt seiner Begierde, ein Körper, der auf seine Öffnungen reduziert war, eine zur Schau gestellte Frau. Aber sogar diese Abscheu ließ sie weiter nach ihm gieren, innerlich nach ihm schreien, als er fertig war und seine Hände wegnahm, denn tief drinnen *war* sie wie eine der Frauen in seinen Filmen.

Edward ließ sich auf die Fersen zurücksinken, sah sie irgendwie hilflos an und ließ dann den Kopf sinken. »Ich bleibe hier. Du gehst besser ins Bett.« Er wußte nicht, wohin mit der Schere. »Es ist nichts Schlimmes geschehen, oder? Und wir waren beide einverstanden – mit allem. Ich, ähm, ich weiß, wieviel du mir jetzt schon gegeben hast. Aber wenn du nichts dagegen hast, würde ich gerne zusehen, wie du hinausgehst. Wenn ich darf. So, wie du jetzt bist – wenn ich dich so anschauen könnte, das wäre wundervoll.«

Er hielt inne, verschränkte die Arme und wartete vielleicht darauf, daß Helen etwas sagte, obwohl er ihr doch alle Gedanken und Worte genommen hatte.

»Sag mir, ob ich dir ... Vergnügen bereitet habe. Du hast mir großes Vergnügen bereitet. Ich war noch nie in einer ... vergleichbaren Lage.« Er hob beide Hände zum Gesicht und roch, was noch von ihr daran hing, dann senkte er wieder den Kopf. »Ich bin sehr glücklich. Ich möchte, daß du auch glücklich bist. Du bist das Beste, was ich kenne. Bist du glücklich?«

»Ja.«

Helen bückte sich sehr langsam, um ihre Kleider aufzuheben, genau so, wie er es gewünscht hatte, und dann ließ sie ihn allein.

Edward sagte, »Ich danke dir. Ich danke dir vielmals.«

In ihrem Zimmer ging sie sofort ins Bett, nackt und erfüllt von Edwards Echo, sie rollte sich auf die Seite und zeigte zu spät Zurückhaltung: Sie zog die Knie an die Brust. Sie war nicht glücklich.

Helen hatte nicht erwartet, einzuschlafen, aber sie glitt doch hinab ins Unbewußte, und im Fallen ließen kleine Schreckensnadeln von allen Seiten sie erschauern.

Sie landete in einem Garten; ein warmer, ebener, grüner Ort, mit sanften Bäumen und Büschen und dem hohen Summen der Insekten überall. Sie war nackt, aber kaum hatte sie das bemerkt, fielen Eidechsen von den wogenden Ästen über ihr und legten sich auf ihre Haut. Sie bedeckten sie erstaunlich vollständig, aber sie fühlten sich kalt an, und ihre Klauen versetzten ihr beim Gehen kleine Stiche.

Sie kam an einer leeren Höhle vorbei, in deren Eingang ein Stein errichtet war, und sie spürte, daß alle Eidechsen die Köpfe hoben und ihn ehrerbietig ansahen. Als sie die Echsen wieder über ihre Blöße gerückt hatte, bemerkte sie einen bärtigen Mann, der mit einer schmalen Klinge in einem Beet scharrte.

Der Gärtner hob die Hand wie zum Segen. »Hallo, Helen. Deine Eidechsen machen sich gut.«

»Ja.«

»Möchtest du mein Herz sehen? Es ist nämlich heilig.«

»Ja, gern.«

Er riß entschlossen sein Hemd auf, so daß die Knöpfe flogen, ließ dann die Arme sinken und gab den Blick frei auf ein kräftiges, glänzendes Herz, das feucht zwischen den aufgeklappten Rippen pumpte und ihr zuzublinzeln schien. Im Inneren wand sich ein leuchtender Wurm, wie in einer Glühbirne.

»Ich könnte dich von ganzem Herzen segnen.«

»Wirklich?«

»Oh ja. Aber unter diesen Eidechsen ist nichts mehr von dir übrig. Ein Segen würde gar nichts mehr nützen – du bist jenseits von Gut und Böse.« Er lächelte beseelt, und Helen versuchte, nicht auf seine offene Brust zu starren, in der es so einladend zitterte und zuckte. Sie war sicher, wenn sie nur das Herz berühren könnte, es würde ihr vergeben, und sie wäre gerettet.

Der Gärtner stand ungezwungen da, die Arme immer noch in poetischer Geste ausgebreitet, als würde er etwas Großes, Unsichtbares umarmen. Es war ganz einfach, einen Schritt auf ihn zuzugehen, während er in die schwankenden Baumkronen blickte, und ihre Hand in ihn zu legen. Das Herz berührte ihre Handfläche und ließ sie die pulsierenden Adern spüren. Wenn sie es nur einen winzigen Moment in der Hand halten könnte, dann würde alles gut, für immer und ewig, aber sobald sie versuchte, danach zu greifen, zog sich das Herz zurück. Sie wußte, das Herz fürchtete, ihre Bosheit würde es zerspringen lassen. Dann begann die Wunde des Gärtners sich heiß und schlüpfrig um ihren Arm zu schließen, wie das Maul einer fleischfressenden Pflanze, das heftig und erbarmungslos zubiß. Die Knochen ihres Unterarms zersplitterten mit einem langgezogenen Krachen, und das Herz versteckte sich, nun völlig außer Reichweite.

Der heiße Schmerz, der ihr im Traum durch den Arm schoß,

blieb noch einen Moment da, als sie in der Stille ihres Zimmers erwachte. Sobald sie sich erinnerte, wo sie war, bemerkte sie auch, daß die Zimmertür sich geöffnet hatte und jemand dicht an ihrem Bett stand. Sie lag regungslos da, gelähmt von den schwerwiegenden Möglichkeiten, die auf sie zu kamen.

Edward.

Natürlich war es Edward, wer sollte es sonst sein? Seine Seife, seine Zahnpasta, sein warmer sauberer Körper; sie konnte nicht anders, als ihn voll und ganz einzuatmen. Dann ein kurzer, etwas unbeholfener Kuß über das linke Auge, und er schlich wieder davon und schloß leise die Tür hinter sich.

Helen lag auf dem Rücken und starrte ins Nichts. Sie hatte die Arme über den Brüsten verschränkt, weil es sich so richtig anfühlte. So konnte sie überprüfen, wie real sie war, wieviel von ihr tatsächlich da war. Wenn sie ihre Muskeln und ihre Haut bewegte, fühlten sich die Stellen, die Edward berührt hatte, anders an, leichter, aber darunter lauerten ihre schmutzigen Gedanken. Sie wäre hinausgegangen und hätte mit Edward über ihre Gedanken gesprochen, aber sie konnte Edward schlecht um Rat fragen, wie sie Edward verlassen sollte.

Deshalb mußte sie gehen. Sie mußte ihn verlassen.

Helen fühlte sich leer, bis auf die schrecklichen Dinge, die sie tun wollte. Sie erlosch. Schon lauerten seltsame Gebete in ihr auf, glühende Bitten, die sie gar nicht aussprechen wollte, Gebete, die zeigten, wie enttäuscht sie war, wenn ein Mann nicht mehr als einen Kuß in ihrem Bett zurückließ.

Also mußte sie am nächsten Morgen gehen. Sie würde wie üblich frühstücken, die Zeitung lesen, Toast mit Orangenmarmelade essen und nichts Überraschendes oder Beunruhigendes tun. Sie würde sich vielleicht wieder laut fragen, wieso ein Mann von so unbestreitbarer Intelligenz nicht in der Lage war, den Tee in der Tasse und nicht in der Untertasse zu lassen, wo er doch wußte, daß das unweigerlich zu Flecken auf der Tischdecke führen würde.

»Ja, ich weiß. Das kommt, weil ich noch nicht wach bin.«

Er schaute leicht irritiert. Sie hatte ihn nur ein wenig necken wollen, aber er klang richtig gereizt.

Als er schließlich in sein Arbeitszimmer gehen wollte, griff sie nach seinem Arm, und er beugte sich sofort zu ihr und ließ sich ohne Widerstand auf den Mund küssen, als sei das ein ganz normaler Bestandteil ihres Morgenrituals. Sein Grinsen, sein Zögern, bevor er sich zur Tür wandte, und das nervöse Übers-Haar-Streichen waren die letzten Dinge, die sie von ihm sah, und sie war froh darüber, denn das waren alles gute Erinnerungen, ganz typisch Edward.

Helen verließ Edwards Wohnung, als wolle sie ins Museum oder in den Park und fuhr zur Victoria Station, wo die Überlandbusse abfuhren. Mit Geld, das Edward gehörte und um das es ihr leid tat, kaufte sie eine Fahrkarte und wartete dann bis zur Abfahrt im Wartesaal.

»Helen?« Mr. Brindle klang – wie klang er eigentlich? Nicht wütend. Beinahe ängstlich.

»Ja, ich bin's. Ich komme zurück.« Und dann noch einmal, um sich selbst zu überzeugen. »Ich komme zurück.«

»Wann?«

»Jetzt.« Schweigen strömte aus dem Hörer. »Ich wollte sagen ... wenn du mich nach Hause kommen läßt, kann ich in einer halben Stunde da sein.«

»Wenn ich dich lasse?« Seine Stimme klang immer weicher, sie hätte ihn beinahe für jemand anderes gehalten. »Dich lassen? Nach Hause kommen. Du willst wirklich ...? Ich dachte ... was ich getan habe ... ich dachte. Gott sei Dank, daß du zurückkommst.«

»Du glaubst nicht an Gott.«

»Gott sei Dank, daß du zurückkommst.«

Sie schämte sich des Hauses wegen. Mr. Brindle hatte zwar Ordnung gehalten, es sah höchstens ein bißchen müder und erschöpfter aus als vor ihrem Aufbruch, aber im Vergleich zu der Wohnung in Kensington zog es doch den kürzeren. Helen merkte, daß ihr Geschmack sich geändert hatte. Sie hatte sich an die Schlichtheit, die teure Dinge bisweilen ausstrahlen, gewöhnt. Helen hatte mit einem wohlhabenden Mann zusammengelebt, der es sich leisten konnte, auf Qualität und Stil zu achten. Materielle Dinge hatten ihr nie etwas bedeutet. Jetzt schon.

»Ich habe versucht, alles ordentlich zu halten.«

Mr. Brindle geleitete sie schwerfällig die Treppe hinauf und an Zimmern vorbei, die ihr schon jetzt allzu bekannt vorkamen. Badezimmer, Abstellkammer, Schlafzimmer. Vor dem Schlafzimmer blieb Mr. Brindle stehen. Er hielt Abstand – vielleicht fand er sie ein wenig abstoßend, das konnte sie verstehen. Er sah sie stirnrunzelnd an und schob die Hände in die Taschen seiner Jeans: sehr alte Jeans, die er normalerweise nicht im Haus tragen würde, außer für Drecksarbeiten. »Saubermachen. Staub wischen. Irgendwie ... das hat mich an dich erinnert.« Alles roch leicht nach seinem Schweiß. »Die Sache, die da passiert ist ...«

Helen stellte fest, daß sie ihm fest in die Augen schauen konnte, bis er den Blick abwandte. Er mochte es nicht, wenn sie ihn ansah.

»Diese Sache. Ich habe die Beherrschung verloren. Du weißt doch, wenn ich die Beherrschung verliere ... ich meine es nicht so.« Sie sah ihn an. »Ich werde es nicht wieder tun. Aber du hättest nicht einfach weggehen dürfen. Ich habe mir Sorgen gemacht ... deine Schwester wußte auch nicht ... ich werde es nicht wieder tun.«

Er nickte und zog sich zum Treppenabsatz zurück. Er wischte sich die Hände an der Hemdbrust ab, und Helen wußte, daß sie ihm nicht glaubte. Auch wenn er es selbst nicht glaubte, er würde es wieder tun.

Im Schlafzimmer zwinkerte ihr der Spiegel des Ankleidetisches heimlich zu, und alles, was sie sah oder berührte, schien sie zu Fall bringen, anzuspringen, bedrängen zu wollen, um sie für jede böse Tat, die sie je getan hatte, bezahlen zu lassen. Sie war gekommen, sich zu unterwerfen, und Mr. Brindle würde Gottes Willen an ihr vollziehen, auch wenn er Atheist war.

Ohne Zweifel war es ein Problem, daß sie so ein schwacher Mensch war. Immer wieder überkamen sie Zweifel und Zögern. Als sie ihren Koffer öffnete, schlug ihr so viel von der Atmosphäre jener anderen Wohnung entgegen, daß sie verwirrt war und ihre Entscheidung in Zweifel zog. Fast jede Faser ihres Seins wollte in Kensington sein, vielleicht einfach nur auf dem Sofa liegen und es sich gutgehen lassen und darauf warten, daß bald jemand auftauchte, den sie sehr gern hatte, wenn er nicht schon da war. Sie wollte entspannen. Sie wollte immer schon entspannen. Sie mochte Schmerz nicht. Sie mochte es, wenn ihr angenehme Dinge zustießen und sie zeigen konnte, wie sehr es ihr gefiel.

Wenn sie allein in der Wohnung gewesen war, hatte sie manchmal das Radio im Wohnzimmer angeschaltet und vielleicht nicht direkt getanzt, aber doch ein wenig gewippt und sich gewiegt, wenn ihr danach war. Das wäre auch dann in Ordnung gewesen, wenn sie nicht allein gewesen wäre, und nichts, worum sie sich hätte sorgen müssen. Sie hatte ganz vergessen, wieviel Raum die Sorgen in ihren Gedanken eingenommen hatten, schon nagten und gruben sie sich wieder hinein und zerstörten die Bilder, die sie dort aufbewahrt hatte. Sie wollte doch nur die Freiheit, sich an die Dinge und Menschen zu erinnern, die ihr etwas bedeuteten.

»Helen.« Mr. Brindle rief laut von unten, auch wenn deutliches Sprechen hörbar genug gewesen wäre. »Willst du den ganzen Abend da oben bleiben? Du bist jetzt wieder zu Hause. Okay?«

Sie ließ den Koffer voll auf dem Bett liegen.

Mr. Brindle war ganz ruhig, als sie ins düstere Wohnzimmer trat. Er saß in seinem üblichen Sessel und sah sich eine Dokumentation über irgendwelche Verbrechen an. Er war weder dicker noch dünner als vorher, aber er schien aus etwas anderem Stoff gemacht zu sein. Sein Körper wirkte löcherig, weniger überzeugend.

»Setz dich. Weit gereist? Müde?« Er sah sie nicht an.

»Eigentlich nicht. Nein.«

»Gut. Du schläfst im Gästezimmer. Laken und Bezüge habe ich schon rausgelegt.« Er sah sie überhaupt nicht an.

»Ja.«

Eine Stunde lang ließen sie das Geschwätz des Fernsehers über sich rauschen. Sie sprachen nicht, sie zogen die Vorhänge nicht zu, sie machten kein Licht an. Helen sah zu, wie der Raum um sie herum gerann, während Lichtsplitter aus dem Bildschirm zuckten.

Was auch immer er mit ihr vorhatte, sie würde sicher darauf warten müssen. Helen wußte, daß er sich morgen mit den Kollegen beratschlagen würde oder mit den Leuten in seinem Pub, was er tun solle, welche Gefühle er seiner Frau entgegenbringen solle. Der Einfluß verwandter Seelen ließ ihn oft wütend auf sie werden, auch wenn sie ihm gar keinen Anlaß gegeben hatte.

Weil Helen sich so leicht ängstigte, hatte sie gehofft, nicht warten zu müssen, damit sie keine Gelegenheit bekam, sich aus dem Staub zu machen, dorthin zu rennen, wo das Leben leichter war. Doch in Gottes Plan war nichts unnütz, und sie konnte die Zeit, die ihr jetzt angeboten wurde, gewinnbringend nutzen. Vielleicht konnte sie sich vorbereiten.

Aber dieses ganz spezielle Warten – hier in der flackernden Dunkelheit, mit dem Fernsehgeräusch im Hintergrund und ohne jegliche Ablenkung von dem Mann, an dessen Namen und Telefonnummer sie nicht denken durfte – war nicht länger zu ertragen. »Weißt du was –«

»Was?« Mr. Brindle hatte anscheinend die ganze Zeit darauf gewartet, daß sie etwas sagte.

»Ich glaube, ich gehe jetzt rauf.«

»Ich komme bald nach.« Er lachte kurz auf, entweder aus Nervosität oder aus Abscheu. »Nicht mehr lange.«

»In Ordnung. Gute Nacht.«

Sie versuchte nicht, ihn zu küssen. Das hätte ihm nur die Gelegenheit gegeben, sich wegzudrehen.

Mr. Brindle hatte die Abstellkammer gut für sie hergerichtet. Er hatte den alten Kleiderschrank leergeräumt und dann einen unordentlichen Haufen Kleider hineingeworfen – all ihre Sachen. In einer Ecke, gegenüber dem ungemachten Bett, standen ein paar Farbdosen. Der Teppich war gesaugt worden, die Wände waren kahl wie in einer Zelle. Er hatte Laken und Bettdecken dagelassen und einen kleinen elektrischen Heizofen gegen die Feuchtigkeit. Als sie ihn anschaltete, knackte und knisterte es, und der scharfe Geruch verbrannten Staubs stieg auf.

Also gut, Gott. Hier bin ich. Was soll ich tun? Sei mein Hirte, Vater, und führe mich Deinen Weg.

Sie hörte auf, öffnete zwar nicht die Augen, aber hielt inne. Ihr Atem wurde schneller, eine seltsame Vorahnung überkam sie. Vorsichtig, ganz vorsichtig – vielleicht ist es gar nichts, bloß Wunschdenken, weiter nichts. Helen kniete, denn beim Beten soll man knien, als Zeichen der Demut und des Respekts. Der Körper auf Knien, die Hände gefaltet, die Augen geschlossen – alles zusammengerollt und verschlossen, um diese Welt draußen zu halten und den besseren Ersatz hereinzulassen. Hereinzulassen. Jahrelang hatte sie auf Knien ihre innere Leere beschützt, die fehlende Überzeugung.

Sie mußte jetzt ganz vorsichtig und ruhig sein. Als würde sie einen sehr ängstlichen Vogel zu berühren versuchen.

Sie mußte sich den Schmerz vor Augen führen. Sie mußte sich den Schmerz in Erinnerung rufen, den sinnentleertes

Beten über die Jahre bedeutet hatte. Zunächst war es eine Erleichterung gewesen, den Verlust ihres Glaubens zu akzeptieren und zu schweigen, aber schließlich wurde es eine Last. Gott wußte, daß sie versucht hatte, diese Last abzuwerfen. Gott wußte auch, wohin sie das gebracht hatte.

Und dann zuckte kurz ein Suchstrahler durch ihre Seele. Das Haus schien für einen Moment aus dem Gleichgewicht zu geraten, fing sich aber wieder, bevor sie einen Gedanken fassen konnte. Eine geordnete, bedeutungsvolle Stille herrschte nun, legte sich wie feiner Schweiß auf ihre Beine, berührte wie lebendige Hände ihr Gesicht.

Also gut, Gott. Hier bin ich.

Sie öffnete den Mund, um Luft zu holen, und eine Kraft strömte in sie und preßte ihre Lungen an die Wirbelsäule. Diesmal verebbte das Gefühl allmählich, verteilte sich im Körper wie Rauch.

Helen öffnete die Augen: Die Abstellkammer hatte sich nicht verändert. Sie wußte nicht, was sie erwartet hatte.

Ein Zeichen.

Wie dumm.

Da hätte sie auch hoffen können, daß Er Seinen Regenschirm liegen läßt.

Und Er war ja auch gar nicht hiergewesen. Nein. Er war nur in der Nähe.

Nähe. Ein Wort, das einen zum Weinen bringen konnte, ohne daß man wußte, warum. Nähe. Hoffnung rührt sich hinter der Glasscheibe.

Vater, hier bin ich, und ich weiß nicht, was ich tun soll.

Das Timing stimmte nicht mehr. Helen kam ihren Haushaltspflichten nach, tat alles so, wie sie sich erinnern konnte, tat es auch zweimal, und war dennoch von ungefüllten Stunden umgeben. Sie ging im Park spazieren, einkaufen, die Treppe auf und ab und den Flur rauf und runter, aber ihre Energie und ihr Tempo ließen nicht nach. Jeden Morgen ließ Mr. Brindle sie allein, und jeden Abend kehrte er zurück, und sie konnte nicht sagen, wieviel Zeit zwischen diesen beiden Orientierungspunkten vergangen war – es mochte eine Minute sein, aber auch eine Woche.

Vielleicht nicht unbedingt eine Woche, denn es dauerte nicht einmal eine Woche, bis es passierte.

»Fotze.«

Mittwoch abend, nach dem Abendessen, das in jeder Hinsicht zufriedenstellend war, wollte sie ihm einen Kaffee ins Wohnzimmer bringen und ließ die Tasse fallen. Ihre Hand vergaß sich. Mr. Brindle hörte den Aufprall des Porzellans und des Inhalts, stand auf und sah einen Moment zu, wie die dunkle heiße Flüssigkeit in seinen Teppich einzog.

Dann trat er auf sie zu und schlug sie. »Fotze.« Schlug sie ins Gesicht, weil es ihm inzwischen egal war.

Weiter geschah nichts, aber Helen sah in Mr. Brindles Augen das Aufflackern einer Absicht, bevor er sie wieder unterdrückte. Natürlich hatte sie Angst, aber sie versuchte mit aller Macht zu akzeptieren, daß diese Angst einen Sinn hatte; sie war ein Teil des Prozesses, ihres Prozesses. Die Angst würde sie erweichen, sie öffnen, und das war nötig.

Denn nun würde sie sich jede Nacht auf Knien einer immer vollständigeren Tatsache nähern: Gott. Größer als jeder Begriff, tiefer als die Zeit und der Tod, würde er sich über das Haus legen wie Schneefall, geduldig und unermeßlich.

Vater.

Die Zeit tropft an dir vorbei wie Blut, dann steht sie still und bildet Strudel, und nach Tagen des Wartens wartest du immer noch, und du merkst, daß dieser Zustand nicht unerträglich sein kann, denn du kannst ihn ertragen. Vergiß nicht, daß du noch nicht völlig bereit bist. Diese letzte Pause dient dazu, dich vollständig und bereit werden zu lassen.

Das Gebet wird dein ganzes Sein, es hüllt dich ein, während du dich in der Welt bewegst, es breitet dein Leben vor jenem Beobachter aus, vor diesem sezierenden Blick. Du bewegst dich Tag für Tag von einer Angst zur nächsten, bis die Sonne untergeht, und den Rhythmus des Hauses bestimmen die Hände deines Ehemannes, die ihm immer wieder ausrutschen. Jetzt ist es nicht mehr lange.

Freitag abend.

Zweiundzwanzig der vierundzwanzig Stunden sind vergangen, und du kniest wieder in dem Zimmer, das er dir gegeben hat, und du hörst ihn auf der Treppe und im Flur, und wie jedesmal zerreißt etwas unter deinem Brustkorb, etwas Wichtiges, als er an deiner Tür vorbeigeht, ohne hereinzukommen.

Dein Mann kommt nicht herein, aber du weißt, daß der Abend noch nicht zu Ende ist, weil du dich verändert hast; du hast nichts mehr zu sagen; du hast Gott alles gezeigt. Nicht, daß du etwa geglaubt hättest, Er kenne nicht ohnehin jede

Schicht, die du für Ihn freigelegt und abgezogen hast. Es ging nur darum, daß *du* es Ihm sagst und Er es hört. Das war deine Rolle in diesem Prozeß, und dein Vater, der du bist im Himmel, der doch auch viel näher und viel schrecklicher ist – jetzt wird Er dir vergeben.

Vergebung. Du fühlst, wie sie dich wieder in ein Kind verwandelt, dir die Fesseln abnimmt und dich bis auf die Knochen reinigt. Er ist da, dein Vater, sanft wie ein Schmiedeofen, Er wird dich in Ewigkeit festhalten, wenn du Ihn nur darum bittest, und Er kann dich dazu bringen. Er läßt dich durch die Angst hindurch in ein ganz neues Sein schreiten.

Es ist ungefähr halb elf, als du zu Mr. Brindles Schlafzimmer gehst, das Schlafzimmer, das du früher mit ihm geteilt hast. Du fühlst eine Leichtigkeit in den Gliedern, hörst das leise Geräusch deiner Füße und spürst den Druck der dunklen Luft auf deiner Haut, auf deinem gereinigten, enthüllten Ich. Aus dem Türrahmen quillt Licht aus zweiter Hand. So schnell schon so weit zu sein, hast du nicht erwartet.

Drücke die Klinke herunter, öffne die Tür, erwarte das völlig Absurde: daß sie verschlossen ist oder daß der Schwarze Mann herausspringt und dich mitnimmt. Geh langsam hinein, denn du bewegst dich am Rande des Abgrunds, und du willst nicht stolpern. Mr. Brindle sitzt im Bett und starrt in ein Taschenbuch, das du noch als einen seiner Kriminalromane erkennen kannst. Verbrechen: nichts erregt so sehr sein Interesse, was sagt das über seine Motive, dich zu heiraten?

Unwirklich langsam hebt er den Kopf.

Er gibt keinen Ton von sich.

Verwirrung huscht über seine Augen, er schaut weg, muß dich aber doch wieder ansehen. Dein Körper ist gerade aufgerichtet und nackt, du atmest schnell im oberen Brustkorb, ängstlich wie jedes entdeckte Tier, und Mr. Brindles Mund wird eine schmale Linie, als er dir in die Augen sieht und Blick auf Blick trifft und du ihn besiegst. Und dann spürst du genau, wann seine Wut sich entzündet, als er mit einem langen, abwärts schweifenden Blick den Rest begutachtet und sieht, was er sehen soll.

Du bist nicht ganz so, wie er dich in Erinnerung hat. Er legt den Kopf leicht nach links und schaut noch einmal hin. Nicht ganz so. Er findet heraus, was Edward mit dir gemacht hat, was du mit dir machen lassen wolltest, und jetzt kannst du an Edward denken, ganz deutlich und voller Liebe. Nichts und niemand kann dich hindern, zu denken, was du willst.

Jetzt begreift Mr. Brindle. Du bist kahlgeschoren, dein Ich freigelegt, dein Geschlecht und nichts weiter, und all die Fragen, die er dir nicht stellen mochte, und all die schlimmsten Vermutungen, die er so gerne angestellt hat, scheinen nicht auszureichen.

Du drehst dich um und gehst gemessenen Schrittes hinaus, während du hörst, wie Mr. Brindle hinter dir aus dem Bett springt.

Du weißt, daß er hinter dir ist und näher kommt, und es läuft dir heiß vom Nacken bis zu den Sohlen herunter, aber du rennst nicht, gehst nicht einmal schneller. Die Tür knallt mit vorwurfsvollem Krachen gegen die Wand und wieder zu. Mr. Brindle schlägt sie zur Seite. Er ist im Flur.

Du bist fast in der Abstellkammer. Er holt schnell auf und stößt jetzt einen Laut aus, der dich fast aus dem Gleichgewicht wirft, wie ein Schlag. Du hast noch nie einen Menschen so ein Geräusch machen hören: ein hohes, langgezogenes Heulen, das von jedem Aufprall seiner Füße erschüttert wird.

Du erreichst die Kammer, bleibst stehen und genießt einen Augenblick die Illusion von Sicherheit, vom Erreichen eines Ziels. Dann schlägt Mr. Brindle zu, sein ganzer Körper trifft dich, treibt dir die Luft aus den Lungen, und du stürzt, eine Hand vorm Gesicht, um dich zu schützen.

»Sie sind nicht gestorben.«

»Doch, bin ich. Ich habe es gespürt.«

»Nein. Sie sind nicht gestorben.«

Helen öffnete die Augen und sah das verschwommene Glänzen einer Metalloberfläche und daß jemand mit der Hand ihr Kniegelenk richtete. Sie wußte, daß sie tot war und daß man sie jetzt auf einen dieser Tische für die Autopsie legte. Es war sehr unfair, daß man das schon tat, während ihr Bewußtsein noch in ihrem Körper war.

»Lassen Sie mich in Ruhe!«

»Gleich.«

Eine andere Hand entzündete einen so heftigen Schmerz in den Knochen ihres Beins, daß ihr Bewußtsein zusammen mit dem Tisch und dem Raum in Stücke flog.

Helen war also losgelöst und schwebte eine Zeitlang außerhalb ihres Körpers umher. Sie rechnete später aus, wie lange, und konnte es nie ganz glauben. Kleine Realitätssplitter schwammen vor ihren Augen und versanken dann im Nichts. Sie gewöhnte sich an das Gefühl, daß ihr Körper irgendwo aufbewahrt wurde, daß er in unbequemer Kleidung in einem Bett lag. Der Rest von ihr wollte eigentlich nirgendwo sein, denn er spürte, daß jede genauere Bestimmung des Daseins mit Sicherheit die Entdeckung von Schmerzen nach sich ziehen würde.

Wenn Helen den Kopf bewegte, war ihr Haar steif und roch unsauber, und nachts prüfte ständig jemand ihren Blutdruck, wo sie doch so müde war, daß schon der Druck der Manschette am Arm sie zum Weinen bringen konnte. Sie verspürte Durst, ohne wirklich durstig zu sein, und konnte sich nicht erinnern, ob man ihr jemals etwas zu trinken gegeben hatte.

Manchmal schien der Gärtner zu kommen und mit seinem Herzen zu ihr zu sprechen – das Herz mochte sie jetzt, es drängte warm an ihre Fingerspitzen.

»Helen?«

»Ja.«

»Wofür wolltest du sterben?«

»Für dich.«

»Ich habe dich nie darum gebeten.«

»Ich habe es vermutet.«

»Helen, glaubst du wirklich, wenn du sterben solltest, würden wir dich nach deiner Meinung fragen?« Er lächelte, als sie ihm nicht zu antworten wußte. »Hast du mein Herz berührt?«

»Ja.«

»Hat es dich auch berührt?«

»Ja.«

»Dann geh und sei zufrieden!«

Eine Frau erschien, um den Fußboden unter den Betten zu bohnern, und Helen erwachte lange genug, um das Wimmern der Maschine mit zurück in den Schlaf zu nehmen. Hinter jedem Traum, hinter jeder dunklen Bewußtlosigkeit sah Helen immer wieder eine Art Tanz, bei dem Mr. Brindle ihren Körper so herumwirbelte, daß er krachte und aufbrach und Licht aus den Öffnungen hervortrat, mit wechselnden Farben im Rhythmus seiner Schläge. Im Finale schleuderte sie gegen den Kleiderschrank und zog ihn auf sich herab, um sich zu bedecken und zu schützen, oder, damit sein Gewicht ihren Tod vollende, den Mr. Brindle eingeleitet hatte – da war sie sich nicht sicher.

»Sie erinnern sich also nicht.«

Helen zog vorsichtig die Brauen zusammen. Ohne Vorwarnung war sie bei Bewußtsein und offenbar mitten in einem Gespräch.

»Danach erinnern Sie sich an nichts?«

Sie starrte eine Polizistin mit sanftem Gesichtsausdruck und ohne Mütze an. Die Polizistin hatte die Stirn gerunzelt, also sagte Helen etwas, was sich richtig anfühlte.

»Nein. Nein, ich kann mich an nichts erinnern.«

»Er hat angerufen.«

»Wer? Hat mich jemand angerufen?« Plötzlich sprang die Hoffnung sie an, aber sie machte sich selbst klar, daß Edward nicht anrufen würde – sie hatte ihn verlassen, ohne ihm einen Grund zu sagen, ohne irgendwas zu sagen, weil sie nach Glasgow gekommen war, um die Dinge ins Lot zu bringen.

Statt einer Antwort setzte sich die Polizistin anders hin und schaute über Helens Bett hinweg einen Polizisten an. Der schürzte die Lippen und senkte den Kopf, was man als zustimmendes Nicken interpretieren konnte, wenn man ihn sehr gut kannte. Er versuchte, sich nicht zu bewegen oder abzulenken; unsichtbare Unterstützung, das war sein Ziel, wie Helen bemerkte.

Auch die Polizistin nickte und hob an: »Mrs. Brindle.« Sie räusperte sich. »Nein, niemand hat Sie angerufen. Ihr Mann hat uns angerufen. In der fraglichen Nacht, oder eher früh am Morgen, glaube ich …«

»Zwei Uhr fünfzehn.« Wenn es um die genaue Uhrzeit geht, kann selbst ein unsichtbarer Polizist nicht an sich halten.

»Zwei Uhr fünfzehn. Er hat uns angerufen, um sich …, um sich zu stellen. Er dachte, er hätte Sie umgebracht. Als wir eintrafen, lagen Sie unter dem Kleiderschrank.«

»Ich bin nicht gestorben.«

Der Polizist nickte wieder langsam und berührte ganz kurz

ihre Hand, als wollte er sich nicht selbst dabei ertappen. »Nein. Sind Sie nicht.«

Noch ein kurzes Räuspern, dann fuhr die Polizistin fort. »Als wir eintrafen, war Mr. Brindle ansprechbar und relativ vernünftig.« Das klang, als sei es schon irgendwo schriftlich fixiert worden. »Er ließ uns herein und sagte uns, wo wir Sie finden würden. Der Rettungswagen wurde gerufen. Ich muß Ihnen leider sagen, daß Ihr Mann keinerlei Erleichterung zeigte, als er erfuhr, daß Sie noch lebten. Zu dem Zeitpunkt setzte er die anwesenden Beamten davon in Kenntnis, daß er vor einiger Zeit eine große Anzahl Schmerztabletten genommen habe.«

»Ein sehr unangenehmer Tod«, sagte der Polizist beinahe tröstend.

»Ja. Das ist ... ja. Wenn schon eine organische Beschädigung vorliegt, kann jede Behandlung nur noch stabilisierend wirken. Man hat es ihm so leicht wie möglich gemacht. Das muß alles sehr schockierend für Sie sein. Das tut mir leid. Ihr Bruder hat die Leiche identifiziert –«

»Nicht nötig. Sie müssen nicht.« Wieder ein beruhigendes Tätscheln an der Hand.

Diese Leute von der Polizei schienen sehr zartfühlend zu sein, fragten und sagten nur das, was unbedingt nötig war. Sie hatte das Gefühl, daß sie schon früher an ihrem Bett gesessen hatten, oder vielleicht hatte sie die beiden wahrgenommen, als sie unterm Kleiderschrank lag und nicht mehr denken, aber noch hören konnte – vielleicht kamen ihr die Stimmen daher bekannt vor. Sie hätte ihnen gern erzählt, wie sie sich fühlte. Sie schienen jedenfalls wissen zu wollen, wie sie sich fühlte, und ihr helfen zu wollen, wenn sie unglücklich war. Aber sie war nicht unglücklich – sie war wach, und sie war am Leben, und das war so bemerkenswert, daß für andere Gefühle gar kein Platz war.

Der Polizist schenkte ihr ein stilles Lächeln, als er und seine

Kollegin endlich aufstanden. »Sie werden nicht viel fühlen, das kann ich Ihnen sagen. Bei diesen Sachen ist das so – Sie werden nicht viel fühlen.« Er nickte mehrmals, während er das sagte, aber er sah sie an, als sei sie ein Problem, das sich nicht zufriedenstellend lösen ließ. Dann ließ die Polizei sie allein, damit sie die genaueren Details über sich selbst herausfinden konnte, denn sie hatten alles, was sie brauchten, und wenn sie auch sehr freundlich und umgänglich waren, so hatten sie doch gewiß andere Pflichten, die zweifellos nach ihnen riefen.

Helen lag in ihrem Bett und sah, daß das Neonlicht makellos von der Decke fiel, und sie stellte fest, daß Bewegung der Augen und Konzentration und das Sprechen von Sätzen, wobei sie auch noch die ganze Zeit darauf achten mußte, keine heftige, nicht einmal die geringste Kopfbewegung zu machen, viel zu viel auf einmal war. Jetzt brauchte sie Erholung.

Das war leicht zu bewerkstelligen. Sie sah sich schon in kommenden Jahren als Schlafweltmeisterin groß herauskommen: Hat spät angefangen, ist aber inzwischen eine weltberühmte Narkoleptikerin; diese Frau kann aus jeder Lage entkommen, indem sie sich ins Innere ihres Bewußtseins zurückzieht, hinter ihre geschlossenen Augen. Gute Nacht zusammen.

Als ihr frischer Traum sich stabilisiert hatte und sie sich umschauen konnte, wußte sie sofort, wo sie war: in der Küche von Mr. Brindles Haus.

»Was tust du hier? Du liegst doch oben und bist tot.«

Mr. Brindle saß im Bademantel auf dem Fußboden. Er hob den Kopf und starrte sie wütend an, und sie sah etwas Dunkles aus einem seiner Ohren laufen. Er kratzte sich irritiert im Gesicht, sah aber sonst ganz normal aus, vielleicht ein bißchen blaß. Seine Stimme hatte sich nicht verändert, sie war immer noch scharf genug, sie kleiner und schwächer erscheinen zu lassen, als sie tatsächlich war. »Geh wieder nach oben.«

»Ich bin nicht tot.«

Er lächelte verschlagen, weil er meinte, einen Trick durchschaut zu haben. »Wirst du bald sein.« Ein plötzliches Husten lenkte ihn ab. Seine Lippen wurden blau. »Du wirst sterben, und nichts wird von dir übrig bleiben, wie bei allen andern auch.« Er wischte sich über den Hals und betrachtete die rostroten Flecken an seinen Fingern. Helen sah zu, wie er zerfloß.

»Aber heute bin ich nicht tot. Du hast mich nicht umgebracht. Du hast es nicht geschafft. Dabei habe ich dir die Gelegenheit gegeben.«

»Gut, dann habe ich eben *mich* umgebracht. Ich bin sicher, daß ich wen umgebracht habe.« Er hustete wieder. »Dann war ich es also. Ich bin tot. Was wirst du jetzt tun?«

»Da kann ich gar nichts mehr tun.«

»Wirst du nicht für mich beten? Wie eine gute Christin?« Ein Lachen blubberte in seiner Brust, kam aber nicht bis in den Hals.

»Oh ja, ich werde für dich beten. Ich kann jetzt beten – ohne Einschränkung. Ich bete, weil ich es kann und weil es mir hilft. Und weil ich weiß, daß du es haßt.«

Er lächelte, und Blut färbte das Weiß seiner Zähne. »Fotze.«

Als der Traum sich eintrübte, glitt sie in einen weichen, ziellosen Schlaf, der sie erholt und zufrieden erwachen ließ, sogar, als die Schwester wieder zum Blutdruckmessen kam.

Mr. Brindle war tot und sie nicht. Manchmal war Gott ganz offensichtlich sehr gütig. Man mußte es nicht verstehen, nur akzeptieren – Gott war gütig. Er tat Gutes. Er gab ihr Dinge, die sie nicht erwartet hatte.

Wie zum Beispiel den Anblick einer nervösen, hochgewachsenen Gestalt, die leise den Flur entlangging und sich ganz auf den Boden konzentrierte. Kein Traum, kein Trugbild:

ein Mann mit einem äußerst strengen Haarschnitt, der einen langen grauen Mantel und einen sehr roten Schal trug, die Hände in die Taschen steckte und sie wieder herauszog, als fühlten sie sich nur in Bewegung wohl. Der Schal war so leuchtend rot, daß sie einen Moment die Augen schließen mußte.

»Helen. Helen, bist du wach?«

»Ich bin wach. Ich habe bloß furchtbare Kopfschmerzen.«

»Das ist kein Wunder – du hast einen Schädelbruch.«

Sie zwinkerte und sah Edward, der die Arme verschränkte und sich zu ihr neigte, während er versuchte, ruhig und gleichmäßig zu atmen. Seine Kiefermuskeln zuckten beim Versuch, sich zu beherrschen, aber er fing dennoch an zu weinen.

»Scheiße.«

Helen versuchte, ihn zu berühren, doch als sie den Arm ausstreckte, begannen Wände und Decken, sich zu drehen. Sie lehnte sich zurück und wartete, bis der Schwindel nachließ. »*Ich* habe die Kopfschmerzen – du mußt nicht weinen.«

Er tastete nach einem Stuhl und schob ihn dicht an ihr Bett. Dabei sagte er die ganze Zeit »Scheiße, Scheiße, Scheiße«, und rieb sich mit dem Handballen die Augen. »Warum zum Teufel bist du dahin zurück?« Er setzte sich. »Meinetwegen?«

»Nein.«

Er nahm ihr Handgelenk. »Meinetwegen?« Dann wartete er, bis sich ihre Finger langsam um seinen Daumen gelegt hatten. »Habe ich dich erschreckt?«

»Nein. Ich mußte einfach zurück und die Sache klären.«

»Klären? Er hätte dich umbringen können. Das mußt du doch gewußt haben. Hättest du nicht wenigstens anrufen können?«

»Dann wärst du gekommen und hättest mich geholt. Du hättest das Richtige getan, aber zu früh.« Edward sagte nichts und zog seine Hand weg.

Helen dachte an Gott. Es war wichtig, daß Er jetzt da war.

Wenn Gott Gott war, dann war Er natürlich in jedem ihrer Blutergüsse und im Wasserglas und in allem, was ihr einfiel – aber sie brauchte Seine Hilfe, um das zu sagen, was sie sagen mußte.

Sobald sie ihre Sinne öffnete, strömte etwas Ungeheures hinein. Unter den unendlichen Gaben, die Gott besaß, mußte sich auch Sinn für Humor befinden – jahrelang hätte sie so gerne nur ein klein wenig von Ihm gehört, und jetzt ließ Er sich so laut vernehmen, daß ihr Hören und Sehen verging.

»Edward? Ich kann meinen Kopf nicht bewegen, um dich anzusehen, das macht mich so schwindlig. Du mußt also mit mir reden. Bitte. Es tut mir leid, daß ich dir weh getan habe, das wollte ich nicht.«

»Nein, du wolltest nur dir selbst weh tun. Was hast du dir bloß dabei gedacht?« Seine Worte brachen halb erstickt aus ihm heraus. »Herrgott, ich komme hierher, und das Haus ist leer, und dann erzählen mir die Nachbarn, was passiert ist, aber sie wissen gar nicht genau, was passiert ist … ich dachte, ich werde verrückt. Helen, ich hätte dich rausholen können, wenn ich rechtzeitig hiergewesen wäre. Er hätte dir nie etwas angetan, wenn ich dagewesen wäre.«

»Ich weiß.«

»Ich hätte ihn daran gehindert.«

»Ich bin nicht gestorben.«

»Du hättest aber sterben können.«

»Bin ich aber nicht. Ich habe es durchgestanden. Ich bin hindurchgeführt worden. Ich meine, ich *lebe*, Edward. Ich glaube an Etwas – oder Etwas glaubt an mich. Und ich glaube an mich, und ich kann alles, wirklich alles tun, was ein lebender Mensch tun kann. Ich lebe.«

Er zog seinen Stuhl heran, und das Scharren ließ sie zusammenzucken. Der Geruch seiner Haare, seiner Traurigkeit, seiner Haut war erstaunlich, als er sich vorbeugte und seine Stimme dicht an ihrem Gesicht vernehmen ließ.

»Helen, ich wollte herkommen und mich ... und annehmbar sein. Ich war nicht da, um dir zu helfen, und ich weiß, daß du weggegangen bist, weil ich getan habe, was ich getan habe.« Sie wollte den Kopf bewegen, um ihm zu widersprechen, und er küßte sie auf die Wange. »Ich möchte dir all die Sachen sagen, die ein guter Mann sagen würde, die richtigen Sachen, aber du weißt, daß ich kein guter Mensch bin.«

»Sag sie mir trotzdem.«

»Ich kann nicht. Ich kann dir nur sagen, was ich will, und das ist, ehrlich gesagt, ziemlich unpassend.«

»Sag es mir trotzdem.«

»Helen, ich möchte, daß du lebst, mit mir lebst – du als vollständiger Fakt mit mir. Das will ich. O Gott, war ich einsam da unten in London. Was ich früher getan habe, kann ich nicht mehr – die Filme und Zeitschriften –, und dabei habe ich mich gar nicht mehr dagegen gewehrt, ich habe es versucht, aber es hat mich gar nicht interessiert, ich konnte nicht. Ich habe nur dich vermißt. Ich kann nichts dagegen tun – ich vermisse dich. Wenn du nicht da bist, habe ich nichts, und ich kann nichts mit mir anfangen, wenn ich allein bin.«

Sie spürte, daß er seine Stirn auf ihr Kissen drückte, und hob die Hand, um seinen Hals und dann seine kurzgeschorenen Haare zu berühren.

»Helen, ich gehe lieber. Sie haben mir gesagt, du sollst dich nicht aufregen, aber ich rege dich auf.«

»Tust du nicht. Sag mir eins.«

»Was?«

»Wie sehe ich aus?«

Er hob den Kopf und blinzelte. »Wie du aussiehst?«

»Ja. Sag es mir.«

»Ähm.« Er zog die Brauen zusammen. »In diesem Augenblick?«

»In diesem Augenblick.«

Sie hörte, wie er einatmete, um zu sprechen, aber dann wieder innehielt. Er atmete noch einmal. »Muß ich das jetzt richtig machen? Helen? Hilf mir bitte, ich weiß nicht genau, was du wissen willst. Ich liebe dich. Darf ich sagen, daß ich dich liebe? Ich liebe dich.«

Das konnte sie spüren. Es strömte direkt unter ihrer Haut schwer und langsam durch den Körper und weckte den Schmerz in ihren Knochen. Sie hielt mit aller Kraft, die sie noch hatte, sein Handgelenk, und sagte, »Mr. Brindle hat mir nie gesagt, wie ich aussehe. Deshalb will ich es wissen. Und ich liebe dich.«

»Du ...?«

»Ich liebe dich. Wie sehe ich aus?«

»Na ja, du – wirklich?«

»Ja, wie sehe ich aus?«

»Mm, du bist schön. Dieses Schwein – er ... du bist immer noch schön. Deine Nase ist ein bißchen ... er hat sie gebrochen.« Seine Hand strich sanft über ihre Stirn und schob ein Haar beiseite. »Ich hätte ihn umgebracht. Es gibt keinerlei Rechtfertigung für Mord, das glaube ich ganz fest, aber ich hätte ihn umgebracht, wenn er das nicht schon selbst getan hätte. Das hätte ich. Entschuldige!«

Sie fühlte sein Gesicht an ihres streifen. Er atmete sie ein.

»Helen? Dieses Ding, was sie dir hier zum Anziehen gegeben haben, das würde ich – das finde ich nicht sehr schön.«

»Ich sehe aus wie ein Wrack.«

»Wie ein wunderschönes Wrack.« Sein Lachen überraschte ihn selbst und endete gefährlich nah an etwas anderem.

»Oh, wie ein schönes Wrack habe ich mich noch nie gefühlt.«

»Sollst du auch nie wieder.«

»Wie ein *Wrack* habe ich mich schon oft gefühlt ...«

»Nein. Im Vergleich zu mir schneidest du ziemlich gut ab.

Du kannst es vielleicht nicht sehen, aber ich zeige mich im Moment wirklich nicht von meiner besten Seite, wenn ich die überhaupt habe. Heute morgen beim Rasieren, ich weiß nicht, wo mir der Kopf stand – ich sehe aus, als hätte ich ihn abschneiden wollen. Alles voller Blut.«

»Laß das nicht die Schwestern sehen! Die behalten dich gleich hier.«

»Hätte ich nichts dagegen.« Er machte eine Pause, damit sie darüber nachdenken konnte. »Helen, kann ich dir morgen ein anderes Nachthemd bringen? Wenn ich morgen wiederkomme ... ich könnte morgen wiederkommen. Ich wohne hier. Ich habe eine Wohnung. Ich habe eine Wohnung gemietet, ich dachte mir, das ist das Beste ... ich meine, könntest du das gebrauchen? Etwas Bequemeres zum Anziehen?«

»Das wäre sehr nett von dir. Vielen Dank. Ich habe Grö...«

»Ich weiß, welche Größe du hast, Helen. Ich weiß sehr gut, welche Größe du hast.«

Ein Pförtner schob sie im Rollstuhl aus dem Krankenhaus, weil ihre Beine zwar schon wieder kräftig waren, aber ihr Gleichgewichtssinn noch sehr schwach, und sie deshalb ihr eigenes Unfallrisiko darstellte.

Edward lief mit großen Schritten neben ihr her. Sie wurde entlassen und in seine Wohnung und seine Pflege übergeben. Das klang nach ärztlicher Vorschrift und nicht nur nach ihrem eigenen Wunsch.

Die Pläne für ihre unmittelbare Zukunft waren beruhigend solide. Edward hatte seine Qualifikationen als Gehirnexperte und als Freund nachgewiesen, und die zuständigen Behörden hatten ihn als Pflegeverantwortlichen akzeptiert. Trotz oder vielleicht wegen seiner Doktortitel hatte ihm die Stationsschwester eine Checkliste für Gegenindikationen bei Kopfverletzungen mitgegeben.

ZUNEHMENDE BENOMMENHEIT ODER VERWIRRUNG

MUSKELSCHWÄCHE IN EINEM BEIN ODER ARM

ÜBELKEIT/BRECHREIZ

BLUTUNG AUS OHR ODER NASE

HEFTIGE KOPFSCHMERZEN

»Ich habe seit einer Woche Kopfschmerzen.« Sie sitzt in einer Mietwohnung und trinkt schlechten Tee und denkt, daß sie ihre Stadt jetzt lieber mag als je zuvor und daß der Herbsthimmel, den man durchs Fenster sieht, von der schönsten Farbe eines blauen Auges ist, so schön, daß es einem das Herz bricht.

»Seit einer Woche.«

Edward ist vollauf damit beschäftigt, sich zu freuen. Helens Schwester hat Kleidung gekauft und geweint und ihn angesehen, als sei er womöglich ein Ungeheuer, und er hat sich trotzdem gefreut. Egal, was er tut oder läßt, er kann nicht anders, als sich freuen. Im Augenblick lächelt er Helen an, und sie sieht, daß er offenbar auch taub ist, denn er hat kein Wort gehört.

»Kopfschmerzen. Ich.«

Jetzt sieht er besorgt und zugleich erfreut aus. »Aber keine heftigen.«

»Woher willst du das wissen?«

»Ich bin Doktor.«

»Du bist Professor.«

»Dafür mußte ich erst einmal Doktor werden. Tut dein Kopf ernsthaft weh?«

»Nein, Herr Doktor. Aber es wäre schön, wenn er sich nicht immer drehen würde.«

»Ja, ich weiß, aber das läßt bald nach. Dein Gleichgewichtssinn ist gestört.«

»Was du nicht sagst.«

»Ich habe es doch gesagt. Ich habe mich deutlich gehört.« Und er mißt ihre Temperatur, in regelmäßigen Abständen, vor allem nachts, wie man es ihm aufgetragen hat.

Helen denkt an ihn, in regelmäßigen Abständen, vor allem nachts, und es geht ihr immer besser. Sie kann ohne Hilfe gehen, sie kann wieder Zeitung lesen, ihre Fäden werden gezogen. Zum allerletzten Mal spricht sie mit der Polizei, und was dort besprochen wird, geht sie nichts mehr an. Es wird eine gerichtliche Untersuchung geben, und sie wird es durchstehen, weil Edward bei ihr sein wird.

Eines Abends sitzt sie im besten Sessel der Wohnung – die Sessel haben erstaunlich violette Polsterbezüge – und ißt mit Edward etwas Warmes. Gekocht wurde es von den Leuten, die Edward deswegen angerufen hat, aber er füllt ihr den Teller.

»Also ist es wenigstens eßbar.«

Er fängt mit dem Abwasch an, und Helen folgt ihm in die Küche, um Tee zu kochen. Sie trinken beide gern Tee. Als sie sich an der Spüle von hinten an ihn schmiegt, schwanken sie beide leicht vom Aufprall, denn so haben sie sich seit der Zeit in Kensington nicht mehr berührt. Sie schiebt ihre Hände um seine Hüften, bis sie sich über seiner Gürtelschnalle treffen. Er lehnt sich sacht gegen sie, und sie spürt, daß er am ganzen Körper lebendig ist. »Bist du sicher?« Jede Silbe streichelt und liebkost sie. »Wir müssen nichts überstürzen.«

»Was haben wir denn da?«

»Mich.«

»Hm?«

»Edward E. Gluck. Das E steht für Eric. Ich will dich nicht drängen.«

»Ich weiß.«

»Aber mir wird gleich nichts anderes übrigbleiben, wenn du nicht damit aufhörst. Ich bin schließlich auch nur aus Fleisch und Blut.«

»Ich weiß. Und so will ich dich auch haben.«

»Willst du wirklich?«

»Ja. Ich will.«

Damit sind sie in Helens Zimmer und ziehen Helens Vorhänge zu und küssen sich, und der Kuß ist so interessant, daß sie eine ganze Zeit darin verweilen.

Man sollte nicht versuchen, einen anderen Menschen auszuziehen, wenn dieser Mensch einen gerade selbst auszieht.

»Entschuldige, es ist so dunkel hier – könntest du diesen Knopf aufmachen?« Edward hat sehr große Hände, die manchmal ein wenig ungeschickt sein können.

Helen hat Schwierigkeiten, ihr Sprachvermögen mit den ganzen anderen Dingen, die überall um und an ihr passieren, zu koordinieren. »So anders, nicht wahr?«

»Was?«

»Kleider. Von außen nach innen. Jemand anderes.«

»Mm hm. Anders, viel besser. O Gott. Nein, das mache ich, weil das … okay, mach du es. Aber –«

»Au.«

»Tut mir leid, ich hab doch …«

Sie stehen im Zimmer und umklammern einander steif, und Helen denkt, sie haben Angst, daß sie zerbrechen, oder davor, daß ihre Haut nach der des anderen schreit, oder davor, daß sie genau das haben, was sie wollen, daß sie es in Händen halten.

Sie führt ihn zum Bett, und sie bedecken einander, vorsichtig und vollständig, und sie beginnen den zärtlichen, anstrengenden Kampf, das Umfassen und Stillhalten und Küssen und Bewegen und Berühren, überall Berühren, und es gibt so unendlich viel zu berühren. Edwards Haut – sie hätte nie gedacht, daß Edwards Haut so vollkommen befriedigend sein könnte. Und auch sein Gewicht ist gut und richtig, sie kann sich darunter bewegen, es auf sich nehmen.

»Darf ich?«

»Ja, ich bitte darum.«

Flatternde Hände, und dann, da ist er, der geliebte Mann. In ihr.

»O Gott, das ist –« Ein anderes Flattern, das große Flattern. »O Helen. O, es tut mir leid.«

»Nein, bleib da.«

»Aber ich –«

»Ich weiß.« Sie spürt ihn noch einmal zucken, sich etwas zurückziehen. »Bleib trotzdem da, ich habe dich gern da. Und wir haben alle Zeit der Welt, wir haben die ganze Nacht, wir haben Jahre Zeit. Ich fasse das als Kompliment auf.«

»Das sollte es auch werden.« Er hustet, entspannt sich, sinkt auf sie nieder. »Nicht gerade der feurigste Liebhaber, wenn es darauf ankommt.«

»Nach allem, was ich gelesen habe, brauchen wir uns keine Sorgen zu machen. Es wird alles gut.«

»Nach allem, was du gelesen hast?«

»Selbsthilfebücher. Die decken alles ab. Ich habe die meisten von vorne bis hinten gelesen.«

»Und du hast über das hier gelesen.«

»Über alles mögliche.«

»Du bist ja genauso schlimm wie ich.« Sie fühlt ihn wieder zucken.

»Bei meinen allgemeinen Leseerfahrungen bin ich unter anderem auch auf sexuelle Informationen gestoßen.«

»Tatsächlich?« Zucken. Er lächelt mit beiden möglichen Körperteilen.

»Ja, tatsächlich, und manchmal wollte ich auch etwas über Männer lesen. Ich wollte sie gern haben, denn ab und zu kamen sie mir doch wie ein ganz nützlicher Einfall vor, gar nicht so, wie man mir immer erzählt hatte, oder wie ich sie erlebt hatte. Ich meine, natürlich geht ihnen manches daneben;

jedem Menschen geht manchmal etwas daneben, das wußte ich, aber dann habe ich manchmal einen Mann beim Gehen beobachtet oder beim Schuhezubinden, oder bei was anderem, Schlangestehen im Supermarkt, und er sah so schön aus, so klar ... so wie eine Frau nie aussehen kann. Ich bin eine Frau, und Männer sind genau so gemacht, wie ich nicht bin. Und das ist so gut. So wie das Schlucken bei Männern zum Beispiel ...«

»Schlucken.«

»Ja. Hast du jemals einem Mann beim Schlucken zugesehen – nur beim Schlucken? Es ist unglaublich. Ihr habt alle so einen vorstehenden Adamsapfel, und der bewegt sich so toll – als wäre er glücklich und gut gelaunt und ein bißchen verletzlich und funktionierte genau so, wie er soll – und der Kiefer hat eine richtige Kante, und es gibt ein bißchen Reibung. Bei Männern hat man immer ein bißchen Reibung. Manche sind echte Qualitätsprodukte.«

»Schön, daß wir deinen Ansprüchen gerecht werden.«

Sie legt ihren Mund an seine Kehle, und er schluckt für sie. »Mm hm. Genau das.«

»Na ja, ich bin ein Mann.«

»Das weiß ich.«

»Ich schlucke wie ein Mann.«

»Aber du schluckst auch wie du. Und du hast deine Art von Männerbrust. Wenn du stehst, bildet sie genau die richtigen Winkel, diese klaren Linien – keine Brüste.«

»Was hältst du von diesem Winkel?«

Helen leckt an seinem Hals und schließt die Augen, während ein sanfter Ruck durch seinen Körper geht und ihr Körper reagiert. »Das ist ein guter Winkel.«

»Sonst noch was, wo du gerade eine Liste machst?«

Ihre Hand tastet sich langsam nach unten, wo sie hinwill, und er zittert eine Sekunde und macht ihr Platz, damit sie ihn fassen kann.

»Die kämen auch auf die Liste. Die sind am besten. Beinahe am besten.«

»Dann sei schön vorsichtig mit ihnen.«

»Sie sind herrlich, sie fühlen sich herrlich an.«

Sie erkundet ihn, und Edward streckt sich zu voller Größe. »Oh, meine Güte.«

»Was?«

»Das hast du aber nicht in einem Selbsthilfebuch gelesen. Oder es war ein sehr gutes. Meine Güte.«

»Wenn es dir nicht gefällt, höre ich auf.«

»Bloß nicht. Du kannst dir nicht vorstellen, wie lange, wie viele Nächte ich mir vorgestellt habe, wie deine Hand das tut, und daß ich bei dir bin und in dir und das hier mit dir mache, und das hier.«

Und sie fangen an, das hier zu machen und das hier, und Edwards Worte begleiten sie.

»O Gott ...
das ist schön ...
ich glaube ...
wenn wir ...
ganz langsam ...
machen ...
wird alles ...
gut ...
O ja!
Wir ...
das ist gut.
Liebe dich.«

»Ich liebe dich.« Und das tut sie.

Ihre Gedanken beginnen zwar langsam zu brodeln, aber Helen weiß genau, wen sie liebt und Wer es ihr ermöglicht hat, ihn zu lieben.

»Das ist es.«

»Nein, das ist es.«

»O ja, du hast recht.«

Jetzt sind sie beinahe hinüber, beinahe zu einer Einheit verschmolzen, kein Gedanke zwischen ihnen, außer »Edward?«

»Hm?«

»Du hast wirklich große Füße.«

»Füße?«

»Mm hm.«

»Das fällt ihr jetzt ein.«

»Hast du wirklich.«

»Ich bin sehr groß.« Klar und hell an ihrem Ohr, Edwards Atem und Stimme und seine Freude daran, leicht beleidigt zu klingen. »Hätte ich keine großen Füße – würde ich umfallen. Das wollen wir doch nicht.«

»Nein, das wollen wir nicht.«

Helen hat nichts mehr zu sagen und erlaubt sich, nur noch zu sein. Sie ist hier, mit Edward, er legt sich um sie, und sie legt sich um ihn, und sie sind eine gemeinsame und vollständige Bewegung vor Gott, dem Geduldigen, Eifernden Liebhaber: der Eifernden, Geduldigen Liebe.

Photo: David Thompson

A. L. KENNEDY, geboren 1965 in Dundee, in Schottland, gehört seit Jahren zu den meist beachteten Autorinnen in Großbritannien. Mit ihren Short-Story-Sammlungen und Romanen hat sie mehrere Preise gewonnen, darunter den Somerset-Maugham-Award. Sie lebt als Autorin, Filmemacherin und Dramatikerin in Glasgow.

Lesen Sie weiter …

Die englische Originalausgabe erschien 1997 unter dem Titel *Original Bliss*
bei Jonathan Cape Ltd, Random House Group in London.

16.–20. Tausend im März 2001

Verlag Klaus Wagenbach, Emser Straße 40/41, 10719 Berlin
Umschlaggestaltung: Groothuis & Consorten unter Verwendung
des Photos *Young Woman Swimming in Sea* von Curto Paol

Gesetzt aus der Sabon von der Offizin Götz Gorissen, Berlin
Gedruckt und gebunden von Clausen & Bosse, Leck
Printed in Germany.
ISBN 3 8031 3151 0